文春文庫

# 無恥の恥

酒井順子



文藝春秋

# 目次

# 無恥の恥

# 恥の感覚

人と人とが仲良くなる時、その始まりにあるのは、何かが「同じ」である、ということが多いものです。

ごく幼いうちであれば、家がある地区が同じとか、背の順や名簿のあいうえお順が同じくらいということから、たまたま仲良くなるケースがしばしば。少し成長してくると、笑いのツボが同じとかファッション傾向が同じとか好きなマンガが同じなど、感覚が同一ということで、親近感を抱くことが増えてくるのでした。

恋愛も、同じようにして始まることがままあります。前段階として、「この子、可愛い」「この人、イケてる」と互いに思い合っていることも必要ですが、さらに一歩踏み出す時に、

「この前、サカナクションのライブに行ったらさぁ……」

「えっ、サカナクション好きなの？　私も大好き！」

「今度ライブ一緒に行く？」

「行きたい行きたい！」

といった会話が交わされがち。本当は片方が、サカナクションのことが「大好き」というほどではなかったとしても、恋愛を発展させるためにとりあえず「大好き」と言っておいて、ライブまでに聴きまくって予習したりするのです。

アーティスト気質の人の場合は、「相手に自分との共通性が何ら感じられない」というところに惹かれることもありましょう。が、共通性がある相手に好意を抱きやすいのが、普通の人間。そしてその共通する部分は、サカナクションであれマンガであれファッションであれ、「好き」な部分であることが多いのです。

好きな部分が同一であることがわかって始まった、異性なり同性なりとの、交際。最初のうちは、

「サカナクション、最高だよね！」

と、「好き」なことについて話し合い、「好き」体験を共に深めることによって、交際は盛り上がることになります。

が、しかし。祭のような盛り上がりが一段落ついた頃、互いが何を「好き」かという

問題は、割とどうでもよくなってくるのでした。彼はサッカーが好きで彼女は水泳が好き、というカップルであっても、彼が家でサッカー番組を堪能している間に、彼女はプールに出かければいいわけで、既に関係が安定してきた二人の場合は、別個に「好き」を深めていくことができる。

そうなった時に、さらに関係性を深めることができるか否かを握るもう一つのポイントがあるような気が私はするのです。してそのポイントとは、「恥の感覚」が同じであるか否か。

我々日本人の行動が、「恥」というものによって決定されがちであるのは、よく知られているところ。私たちは幼い頃から、悪いことをすると親から、

「そんなことしたら、恥ずかしいでしょ！」

とか、

「みんなが見てるから、やめなさい」

等、恥の感覚をチクチクと刺激されつつ、諭《さと》されたものです。我々にとっての行動規範は、法律でもなければ神様でもなく「世間様の視線」ですから、世間様に見られて恥ずかしいようなことをしてはいけなかった。

そんな日本人は、おそらく世界的に見ても恥ずかしがり屋の方なのだと思います。世間様の視線は、神仏のそれより遍在していますから、そう簡単には心身を解き放つこと

はできない。祭の日や酔っ払った時などに、尋常でなく恥ずかしいことをついしでかしてしまうのは、普段の縛りが厳しすぎるからでしょう。

全般的に恥ずかしがり屋であることは確かな我々ですが、どのような恥の感覚を持っているかは、人それぞれです。育った地域、親や学校の教育、本人のパーソナリティの如何《いかん》によって、何に対してどの程度恥ずかしいと思うかは、異なってくる。

そんな恥の感覚が共通するか否かということこそが、人と人との関係性を深める時に大きくかかわってくるのではないかと、私は思うのです。すなわち恥の感覚が共通する人ほど一緒にいて心地よい、ということになるのではないか。

## 恥の感覚のすれ違い

友人夫婦は、互いにミュージカルが「好き」ということで交際を始め、その勢いで夫婦となりました。が、結婚後しばらく経つと、妻である私の友人は、文句たらたらになっていたのです。曰《いわ》く、

「ブッフェのレストランとかに行くと、『元をとらなきゃ』とか言って、とにかくガツガツ食べる。その割に、最後には大量に残したりするのよ。その感覚が、本当に恥ずかしくてたまらないの」

などと。

他人から見たら、それはささいなことなのです。ブッフェは確かに楽しいし、ガツガツ食べたくなるのも当然じゃない、と言いたくなる。しかし「元をとらなきゃ」という発言、およびあげくの果てに残すという行為が、彼女が人生をかけて培《つちか》ってきた恥の感覚を、激しく直撃するのでした。

夫が立ってトイレを使うのが嫌とか、夫の枕が臭いとか、彼女は他にも不満を持ってはいます。が、

「そんなことは、トイレを掃除したり枕カバーを替えたりすれば、済む問題なのよ。でも、私にとっての恥ずかしさと彼にとっての恥ずかしさが違う、というのが一番つらい」

と深刻な顔をする彼女。

「ブッフェで知らない人がガツガツ食べて残してるなら、それはそれでいいの。でも夫が、となると……」

とのことなのでした。

裏をかえせば、夫は夫で、

「いい年してまつ毛のエクステとかしたり、やたらとネイルに凝ったり、美魔女気取りでいるのがマジで恥ずかしい」

と、妻について言っています。何を恥ずかしいと思うかは、一朝一夕で変わらない故

に、その部分のズレは、ずっと治らない。

恥の感覚のすれ違いを感じながらも何とか一緒に生きて行くのが大方の夫婦なのだと思いますが、恥の感覚が違うということで結婚に至らないカップルもいます。異性同士であれ同性同士であれ、はたまた業務上の関係であれプライベートな関係であれ、恥の感覚の不一致によって、決定的な事態に陥ってしまうこともあるのです。

一つ我が身の例を挙げてご紹介するならば、かつて私は、恥の感覚の相違が原因で、友人と絶交したことがあります。

「もうあなたとは絶交よ！」

などと言ったわけではありませんが、彼我《ひが》の恥の感覚のあまりの違いに、その人と付き合うことからフェイドアウトしていった、というか。

その知人を仮にAさんとしておきましょう。優しいし人の面倒見も良い性質で、決して悪い人ではない、と言うよりむしろ善人だった、彼女。しかしAさんは、「有名人好き」という特徴を持っていました。

本人は一般人だったものの、芸能人などの有名人と出会う機会も無くはない、という環境に身を置いていたAさん。彼女と知り合った当初は、「やけに有名人の知り合いが多い人なのだなぁ」くらいに思っていたのです。

が、次第にわかってきたのは、Aさんは有名人に対してと一般人に対しての態度が違う、ということでした。相手が有名人の時は、やたらと物をあげたり食事に誘ったりと、つまりは「すり寄る」感じが、はっきりと見てとれたのです。

そんなシーンを見ているうちに、私の中で膨らんできたのは、

「たまらなく恥ずかしい‼」

という気持ちでした。有名人を実際に見ると、興奮するのは事実です。「あら、きれい」とか「テレビで見るより小さいのね」などと思うのは、楽しくもある。しかし相手が有名だという理由だけで、尋常でないスピードで距離感を縮めようとするのはとても恥ずかしい、と私には思えました。

それは、どちらが正しいというものではないのでしょう。私は、相手が有名人だと、かえって距離をとりたくなるタイプ。「有名人だ！」と思うだけで自然な態度が取れなくなるという、Aさんとは別の意味で、有名人を意識しすぎるのです。

対してAさんは、「有名人と仲良くなりたい！」という無邪気な気持ちを持っており、その気持ちを素直に表明していました。有名人の方々は、きっと私のように「有名人」と見るだけで一歩引かれる、という経験も多いのでしょう。だからこそ、いきなり懐に転がり込んでくるようなAさんは、有名人の知り合いも多かったのだと思う。

Aさんの行動は、ですから決して「悪い」わけではありません。しかし私にとっては、ただひたすらに「恥ずかしし」かったのです。一緒にいる時、Aさんがその手の行動に出

たりすると、居てもたってもいられない気持ちに。Aさんと知り合いだと思われることすら嫌、という気分が募り、私の腰は少しずつ引けていき、彼女の前からフェイドアウトしていった……というわけ。

## 紫式部の羞恥と、怒り

恥の感覚の相違は、このように人間関係にひび割れを生じさせもするのでした。そしてそのようなことは千年前からあったらしいと伝えてくれるのは、「紫式部日記」です。紫式部といえば「源氏物語」であり、あのような華やかな王朝物語を書いた女性は、賢いだけでなく優美でしとやかな人であったのだろう、というイメージがあります。が、そのイメージは紫式部日記を読むと、だいぶ変化してくるのでした。この日記にはかなりキツイことも書いてあるのであって、「ま、あれだけの物語を書く人が、単なる優美な人であるわけがないよね」と、読む者に思わせる。

特に驚かされるのは、当時の文芸系の女房仲間への評価を書いた部分です。紫式部のみならず、平安時代には和歌等の文芸を得意とする女性達が多く生きていました。日記の中で紫式部は、そんな女性達に対する批評を記しているのですが、これがかなり手厳しいのです。和泉式部については、褒めながらも、けなす。赤染衛門《あかぞめえもん》に対しては、まあまあ褒める。しかし清少納言については、非難に次ぐ非難。一言も褒めずに、「こんな人の行く末はろくなことにならないでしょうよ」といった書きっぷり。

なぜ紫式部は、清少納言のことをそこまで悪《あ》し様《ざま》に書かなくてはならなかったのでしょうか。もちろん、政治的な立場の違いもありましょう。清少納言は、時の一条天皇の中宮である定子《ていし》に仕える女房。対して紫式部は、一条天皇に後から輿入《こしい》れした、やはり中宮の彰子《しょうし》の女房。仕える主人がライバル同士ということは、女房同士もライバル。少し年上の清少納言は、先に「枕草子」を書いてもいましたから、紫式部としては目の上のたんこぶ的な存在であったと思われます。

その上、清少納言は枕草子の中で、紫式部の亡き夫のことを揶揄《やゆ》するようなことを書いていています。「おのれ清少納言」という気分も、あったのではないか。

しかし彼女が清少納言を嫌ったのは、それらのせいだけではありません。紫式部と清少納言は、決定的に恥の感覚が異なっていたのであり、紫式部として最も我慢がならなかったのは、その部分ではないか。

枕草子の中で清少納言は、しばしば自慢話を書いています。「全てのエッセイは自慢話である」というのは井上ひさしさんのお言葉ですが、我が国のエッセイ最初の作品（ということにしておく）からして、その原則は守られているのです。

特に自慢がましさが感じられるのは、彼女が女房として勤務中に、自らの教養を発揮してこんなに気の利いた応対をしましたよ、といった記述です。時の貴公子達やら定子様といった貴顕《きけん》達と、何ら物怖じすることなく、漢文の知識を活かしてやりとりする清少納言。やりとりを記したあと、

「こんな風に褒められちゃった！」

といったことも書いています。

男性のものとされていた漢文の教養も身につけていた彼女ですから、自慢したい気持ちもわかります。その自慢っぷりは、無邪気といえば無邪気。

しかし紫式部は、清少納言の自慢しいの性質が、我慢ならなかったのです。彼女もまた、漢文の知識は並の男性に引けをとらぬほど身につけていました。幼少の頃から優秀で、父親は紫式部に対して、

「お前が男だったらなぁ……」

と言ったほど。

彼女が持っていたのは、豊かな教養だけではありませんでした。同時に彼女が身につけていたのは、強い羞恥心《しゅうちしん》です。「自分の教養をひけらかすような行為は、ものすごーく恥ずかしいことなのだ」という信念を持っていたのであり、だからこそ彼女は、自慢の手段であるエッセイでなく、物語を書いたのではないか。

何せ彼女は、人前では「一」という漢字すら書けないフリをしていた、という強者《つわもの》。

いわば「できないブリっ子」だったわけです。本当は自らの教養に対して強い自信と自負を持っていたけれど、教養自慢ほど恥ずかしい行為は無い。「一」すら書けないとはあまりにカマトトすぎるのではないかという気もしますが、とにかく彼女は必死に自分の教養を隠していました。

だというのに清少納言は、恥じらうそぶりも見せずに、宮中で自らの教養をアピールしまくっている。そのせいで貴族達の人気者となり、あまつさえ、

「褒められちゃった！」

と、無邪気に枕草子に書き残しているとは、この恥知らずの女めがっ。

……という感情が、紫式部日記にほとばしり出ているのであり、

「清少納言こそ、得意顔でとんでもない人です。利口ぶって漢字を書きちらしているけれど、よく見ればまだまだ足りないところだらけ」

などと、筆誅《ひっちゅう》を下されているのです。

「よく見れば足りないところだらけ」と書いているところからもわかるように、彼女は「自分の教養の方が、清少納言よりも上」と思っています。清少納言より教養豊かな上に自慢をしない私、という二重の意味での自慢を書くことになっていますが、彼女は怒りのあまり、その事実に気づいていない。

もっとも紫式部日記は、彼女の娘に向けて書いたものという説もあります。娘だけが

読むと思って書いたのであれば自慢もいたしかたないところですが、それが後の世に、アマゾンでポチれば翌日には誰でも読むことができるような印刷物になっていようとは、彼女も想像しなかったことでしょう。

その辺りは紫式部の誤算であったわけですが、しかし彼女の気持ちも、よくわかる。エッセイを生業《なりわい》にしている私もまた自慢好きな人間であり、そして自慢が好きな人ほど、他人の自慢には敏感なものなのですから。

全てのエッセイは自慢話、であるわけですが、日本初のエッセイである枕草子においては、自慢を自慢っぽく見せないための技術は、まだ開発されていませんでした。清少納言はその無邪気な性質のままに、そして周囲からの、

「一つも書き落としちゃ駄目よ」

という言葉のままに、のびのびと自慢話を書いたのです。

以降、エッセイのようなものを日本で書こうとする人は、清少納言に対する紫式部の厳しすぎる筆誅を読んで、

「ああ、自慢って素直にしすぎてはいけないのだな」

と、肝に銘じたのではないでしょうか。そして、「一見、自慢っぽくないけれど実は自慢」というテクニックが、日本の随筆業界では磨かれることとなったのです。

実際、兼好法師《けんこうほうし》は、枕草子の愛読者でありながら「徒然草」の中で「自慢嫌い」を何

度も表明しています。

「何事も深くは立ち入らず、よく知らない顔をしているのがよいのだ。上品な人というのは、知っていることでも無闇に物知り顔で語ったりしないもの。片田舎から出てきたばかりの人に限って、全てのことに通じているような受け答えをするものだ」

というように。都会人としての自覚を深く持っていた兼好、知ったかぶりは田舎者がする恥ずかしいことであり、都会人は知っていることでも知らないそぶりを見せるものなのだよ、という感覚なのです。

しかし我々はすでに、他人の自慢ぶりに対する攻撃が激しい人こそ、実は自分が自慢したくて仕方がないということを、紫式部の例で知っています。兼好だって……と徒然草を読んでいけばやはり、自慢がそこここにある。「俺はこんなに気の利いた応対をした」という「自讃」を七つもまとめ書きした段すら、あるではありませんか。

皆がしたい、自慢。しかし、していることがばれると相当恥ずかしい、自慢。日本人が千年もの間、その取り扱いに苦慮してきた自慢ですが、しかし最近は自慢に対する感覚がかなり、違ってきたように思うのです。自慢と恥の関係を根底から変化させたものとは、果たして……？

# 中年とＳＮＳ

近年、人々の〝恥の感覚〟を激変させたものといえば、それは他でもないインターネット。特にＳＮＳというシステムに多くの人が接するようになってから、恥の感覚は激変期を迎えたのではないでしょうか。

それは、恥の感覚が「変わった」と言うよりも、「掘り起こされた」と言った方がいいのかもしれません。ＳＮＳによって、「実はあの人とこんなに恥の感覚が合わなかったとは」とか、「実は私ってこんなに恥ずかしがりやだったのか」といった発見があった人が多いのではないか。

私が初めてフェイスブックに参加したのは、日本においてフェイスブックがそれほどメジャーではない頃でした。海外に住む友達から、よくわからないけれどリクエストのようなものが届いていて、「これはなに？」と思いつつも登録してみたら、意外に面白かった。

とはいえ私、フェイスブックに登録はしているものの、自分で何かをアップしたことはありません。ＳＮＳに書き込むということが、恥ずかしくてできないのです。

ここで物書き業に就く私の羞恥心《しゅうちしん》について、少しご説明しておきましょう。エッセイを書く時、私はほとんど恥というものを感じることがありません。シモ関係のことであろうと、自分の性格の悪さについてであろうと、恥じることなく記すことができるのです。

それを読んだ人からは、

「よくあんなこと書けるね」

「恥ずかしくないの？」

と聞かれるのですが、

「恥ずかしくないんですよねー」

としか答えようがない。

本来はシャイな性格であるはずの私、なぜこと文章、それも不特定多数の皆様が読む可能性がある文章においては、何をさらけ出しても恥ずかしくないのか。……と考えてみますと、文章の向こうにいる方々が「不特定多数」だから、なのです。

文章を書くということは、自らの精神がまとっている衣服を脱いで裸を晒《さら》し、それどころか内臓やら排泄物まで人様にお見せするような行為です。お見せする相手が「不特定」で「多数」であるからこそ、この仕事はストリッパーと似ている。

ストリッパーにとって人前で裸になることは、仕事です。観客が呆けたように喜ぶ顔を見て、やり甲斐も感じることでしょう。ストリッパーになったことはありませんが、彼女達の気持ちが、私は何となくわかる気がするのです。喜んでいただけるのであれば、いくらでも私の裸でも内臓でも見て、という気分ではないか。

しかしストリッパーの方であっても、自分の友達や家族や恩師といった知り合いばかりが集まっているところで裸になるのは、躊躇《ちゅうちょ》するのではないかと思います。たとえばホームパーティーで、

「脱いでよ」

と言われたら、快諾はしない気がする。

不特定多数の観客にとって、ストリッパーの裸は、「おっぱい」とか「性器」といった記号のようなもの。しかし友人知人といった特定少数に晒す裸は「○○ちゃんのおっぱい」「○○ちゃんの性器」と、急に個人のものとなるのです。

精神的ストリッパー感覚を抱く私は、同じような理由から、フェイスブックに書き込むことに躊躇します。フェイスブックは、基本的には自分の知り合いとだけつながるS

ＮＳです。アップした写真や文章は、フェイスブック上の「友達」にだけ、公開されることになる。

　エッセイを書くという行為を「裸になるようなもの」と捉える私にとって、フェイスブックに何かを書くということは、友人知人の前で服を脱ぐのと同等の行為なのです。「そんな恥ずかしいことができるわけがなかろう」と、思うのでした。

　しかしたまに、フェイスブックにおける人様の投稿に対して、どうしても何らかのコメントを書き込まなくてはならない状況が、やってきます。「おめでとう」とか「がんばって」とか、ただ一言書き込めば義理は立つのですが、自意識過剰すぎるとは思いつつも、その一言を書くのがどうしても恥ずかしい。やっと書いても、アップするためにポチッとするのがこれまた恥ずかしく、崖から飛び降りるくらいの勇気をふりしぼってやっとポチッとした後は「どうしよう……」と不安が渦巻き、脇にはいやーな汗が。

　エッセイにはどれほど大量に恥ずかしいことを書いても平気なのに、ＳＮＳにはたった五文字を書くのに息も絶え絶え、とはこれいかに。自分でも不思議に思うのですが、この感覚はＳＮＳ以外にも当てはまるのです。読者の顔が特定される文章、すなわち手紙やメールにおいても、私は素直に自分を出すことができません。書いてみるとほとんど定型手紙文だったりして、面白くないことこの上ない。

## あふれだした自慢欲

友人知人達を見れば、フェイスブックに色々なことをアップしているのです。こんなものを食べた。こんな場所に行った。この人と会った。こんなものを買った。……といった他人の投稿は、他人の生活を覗き見しているようで、読んでいてとても楽しい。フェイスブックを通して旧交を温めたり、イベントが企画されたりといったこともあるようです。

フェイスブックが盛り上がってきた当初は、そんなわけで〝フェイスブック祭り〟の感があったものでした。懐かしのあの人この人から友達申請があったり、フェイスブックのつながりによって、旧友達と久しぶりに顔を合わせることになったりと、旧友再会ブームとなったのです。

「これもインターネットのお陰ねぇ」

「昔だったら、一生会えなかったかもね」

と、友人と語り合ったものでしたっけ。

しかしフェイスブックによる旧友再会ブームは、次第に沈静化しました。旧友と久しぶりに会っておおいに盛り上がっても、二回目以降は、話すネタも次第に無くなってくる。「私達は、やはり離れるべくして離れたのであるなぁ。インターネットで無理やりつながらなくてもよかったのではあるまいか」という気持ちに。

さらには、最初は面白がって見ていた皆の投稿にも、次第に恥ずかしさを覚えるようになってきたのです。この人って、こんなにポエムみたいな文章を綴る人だったんだ、とか。うわっ、自分の子供の通知表をアップしてるよ！　とか。まさかのビキニ写真アップ、見たくなーい！　とか。

私の場合、フェイスブック上の「友達」は、実生活上での知り合いでもあります。が、実生活上とSNS上とでは、微妙に人格が変わる人がいるのです。SNS上で、今まで知らずにいた他人の精神のとある部分を覗き見すると、その人の裸をチラ見してしまったようで、恥ずかしさがこみ上げてくる。

恥ずかしい系の投稿が多い人は、実生活でもそれほど仲良しというわけではなかったのでよかったのです。が、もしも親友がフェイスブック上で意外な素顔を丸出しにする投稿を連投していたりしたら、かなりショックを受けることでしょう。夫婦やカップルはSNSでつながらない方がいいと言いますが、それは私生活が丸見えになってしまうからということのみならず、それまで蓋《ふた》をされていた〝センス・オブ・シェイム〟の相違が明らかになる可能性があるから、なのかも。

フェイスブックで感じた様々な恥ずかしさの中で、最も高頻度で感じたのが、「この人って、こんなに自慢好きだったんだ……」という恥ずかしさでした。普段の生活の中では、特に自慢しいという印象ではなかった人が、フェイスブック上では自慢欲がダダ漏れになっていたりするではありませんか。

たとえば、手づくり料理自慢の主婦。手の込んだ料理を作った時、画像をアップし、皆に「いいね！」と言ってもらいたいという気持ちは、よくわかります。しかしその頻度があまりに高かったり、あまりに料理に手がかかっていたりすると、微妙な気持ちに。

ケーキを焼いた、シチューを煮込んだといったことから梅干しを漬けた、味噌を仕込んだまで、様々な料理の自慢が一日に何度もアップされている様子は、何かその人の中にぽっかりと開く深い穴を示すかのよう。その料理を食べたわけでもないのに、食傷気分になってきます。

しかし世の中には良い人がいるもので、何度料理画像がアップされようと、

「すごーい、プロみたい！」

「旦那様は幸せ者ね♡」

といったコメントとともに「いいね！」が押される。するとそれを励みに、投稿者はますます料理に励む……。

そこに見えるのは、いわゆる満たされぬ自己承認欲求というものです。かつての主婦は、自分の料理を家族が美味しく食べるだけでも、幸せを感じていました。たとえ夫や

子供が、

「やっぱりママのごはんは世界一だね、毎日こんなに手の込んだ料理を作ってくれてありがとう！」

といった褒め言葉を一言も述べずとも、皿が空になることが、主婦にとっては一種の「評価」だったのです。

しかしSNS時代に突入し、彼女達は新たな地平を見ました。SNSにアップすると、今までは誰からも評価されなかった「料理」という家事が、他人から褒めてもらえるのです。家族以外の人たちからの賞賛、礼賛、絶賛は、仕事への評価をされ慣れていない主婦を、うっとりさせました。彼女達の心の渇きを、「いいね！」やコメントが潤したのです。

主婦ばかりではありません。決まりきった世界の中で既に長いあいだ生き、自慢欲求を封印してきた中年にとって、フェイスブックは欲求を解放できる楽園と化しました。たとえば、中年サラリーマン。学生時代と比べて二十キロ太った身体をどうにかしようと、ランニングと筋トレを始めたらダイエット成功。一桁の体脂肪率を目指しつつある自分の上半身の裸体を、日々フェイスブックにアップ、とか。

お前はGACKTか。……というボタンは無いので「いいね！」も押さずスルーするわけですが、やはり世の中は善意で満ちているのであり、一定数の「いいね！」が。他にも、交友自慢にモテ自慢、学歴自慢に仕事自慢、「昔はワルだったんだぜ」自慢に善行自慢……と、フェイスブックでは自慢の花が満開となりました。

家族自慢にしても、「夫から大切にされてる自慢」やら「親孝行自慢」やら、シンプルに「子供自慢」やらと、パターンは様々です。

「両親の結婚記念日は、いつものオークラの桃花林で。子供の頃から食べている安心の味です！ 92歳のおばあちゃまからひ孫まで、四世代が揃いました」

などと、親孝行自慢にお金持ち自慢やいいウチ自慢が絡まったりと、複合自慢という手段もあります。

フェイスブックの普及により、様々な自慢が堰《せき》を切ったように溢れ出てきたのを見て私は、

「みんなこんなに自慢したかったのか！」

と驚きました。フェイスブックという仕組みは、皆の自慢したい欲求を、おおいに刺激したようなのです。

「別に自慢したかったわけじゃないわ。桃花林でのお食事会が自慢だなんて、あなたがひねくれているのよ。私はただ、日々あったことをそのままアップしただけ」

と言う人も、いるでしょう。が、そこには自慢慣れしていない人の危うさがある。

全てのエッセイは自慢である、という話は前章でも書きましたが、「こんな変わった

体験をした」であっても「こんな失敗をしてしまった」であっても、それはある種のリア充自慢。「私はこんなユニークなものの見方ができる」「こんな教養を持っている」……と、確かにエッセイというものは何をどう書こうと自慢になるのであり、私が今書いているこの文章も、もちろん自慢。

エッセイを書くことを仕事とする者は、日頃から「いかに自慢だとバレないように自慢するか」に心を砕いています。だからこそ、他人の自慢にも、

「あ、自慢」

と敏感にならざるを得ない。自慢しいほど、他人の自慢にも目ざといのです。

## 自慢テクの向上

フェイスブックは、初めて自由に自慢できる場を得た自慢のアマチュア達が、「他人からどう見られるか」を全く気にせずに、無邪気に欲求を発散させる無法地帯、となっていました。それまで、プロによる手練れの自慢ばかり読んできた私にとって、アマチュア達のフリーダムな自慢は、本当に新鮮だったものです。生き生きと自慢をする人たちに感じる激しい恥ずかしさが反対に快感となり、一時は夢中になって見ていたものでしたっけ。

特に我々中年というのは、大人になってからネットやパソコンに接するようになりましたから、若者のようにネット自意識が発達していません。自分の欲望の赴くままに自慢するので、やたらと連投する人、思いの丈を長文に託す人、イデオロギーを前面に押し出す人、明らかにフェイスブック中毒になっている人など、珍獣がそこここに。

リアルな生活においては、そこまで自分の内奥《ないおう》をさらけ出す場面は既に無い我々。だというのに、今やパソコンやスマホで、気軽にそして合法的に、珍獣達の奇行・奇癖を心ゆくまで覗くことができるように。その何たる恥ずかしさ、何たる面白さ！

中には、周囲が引くくらいの自慢っぷりの人もいたのです。しかし、

「『いいね！』の数の十倍、『嫌だね！』と思っている人もいるっていうから……、自慢の仕方を、少し考えた方がよいのでは？」

とは、いくら仲良しでもなかなか言うことはできない。陰で、

「あの人のフェイスブックの投稿って、ほぼ百パーセント、自慢だよね」

「けっこうヤバい」

と話すことはあっても、本人に対しては何も伝えず、それどころか陰で「ヤバい」とか言いながらフェイスブック上では、

「すごーい、うらやましーい」

などと、さらなる燃料となるコメントを投下する人もいたのであり、本能のままに自

慢を続ける人は野放しになっていたのです。

が、しかし。時が経つにつれて、面白いくらいの自慢しい、という人は減少してきました。フェイスブックが盛り上がった初期の頃は、自慢と意識せずに自慢をたれ流していた人も、次第に、

「あ、これまずいかも」

と気がついたのかもしれません。はたまた、誰かからやんわりと注意されたことがあったのかも。

さらには、初期の頃は皆が自慢の素人だったのが、時の経過とともに次第に自慢テクが向上してきた、ということもあります。かつてはテレずに「オークラの桃花林」と書いていた人も、見る人が見れば桃花林という画像をアップしつつ、わざわざ書かずに「中華料理店」で止めるようになってきたり。自分のビキニ姿や上半身裸姿をさらすような無防備な中年男女も、いつの間にかいなくなってしまいました。

経験は人を育てるものなのね。……と思いつつも、私はどこかで寂しい気持ちを持っています。他人の生々しい自慢欲求を、あれほどまでに豊富に目にしたことは、今までなかったのだから。

日本人はそもそも、我褒《われほ》めを恥とする国民です。和をもって貴しとなしていたわけで、

「俺はこんなにすごい」

「私ってイケてる」

と皆が主張していたら、まとまらない。誰かがそのような態度をとったら、白眼視したり無視したりすることによって、「その態度をやめろ」と言外に伝えたのです。

和とか輪を構成するメンバーが相互監視することによって、とっぴな人が発生しないようにするという我々の同調圧力は、強力です。我々はネット無き時代、他者から嫌われず、無事に生きていくために自慢を我慢していたのではないか。

そこに登場したＳＮＳは、自慢慣れしていない日本人の心に火を点《つ》けました。同時にその頃、自己責任の時代というものがやってきて、自らの実力を素直にアピールしてもいいのだ、という気運も高まってきます。能ある鷹は爪を出せ、というような。

かくして自慢バブルの時代がやってきたわけですが、やはりバブルは長くは続かない。フェイスブックにおいても、あの自慢もこの自慢もまずいらしい、と皆が察知して、

「あれ、ちょっと前まではかなり赤裸々な自慢をしていたあの人が、最近はすっかりご無沙汰になっている……」

と気づいたりするのです。

最近は面白い自慢をあまり見ることができないので、フェイスブックも覗かなくなった私。やはり日本人は、我褒めには向いていない。そして日本人の強固な恥の感覚は、ＳＮＳという黒船をもってしても破壊することはできなかったのだ、と言えましょう。

# 若者とＳＮＳ

恥ずかしい投稿が減少し、めっきり面白くなくなってきた、フェイスブック。かつては野放しになっていた我褒《われほ》めや自慢が、次第に自粛されるようになってしまったのです。

今もせっせと自慢行為やイデオロギー誇示を続ける人もいますが、その手の人は周囲から、「ちょっと変わってる」と見られがち。変人しかアップしないＳＮＳになりつつある今、マーク・ザッカーバーグが焦燥感を募らせるのも、わかる気がいたします。

フェイスブックは大人向けのＳＮＳとされ、一時期は非常に盛り上がったものの次第に沈静化、という動きを見せていますが、一方で若者達にとってのＳＮＳは、生活と切り離すことができないものになりました。彼等の判断基準の一つとして、インスタグラムにおいて素敵に見えるかという「インスタ映え」というものがあります。お店などに

行けば、

「インスタにアップしてくれればこのようなインセンティブがありますよ」

といった表示も、しばしば見られるのです。

昨今、クリスマスよりもバレンタインよりも、もちろん盆正月よりもハロウィンが若者には人気があるのも、それがインスタ映えする行事だから。バブル世代は、クリスマスの赤プリで個人的な幸福感を嚙み締めたわけですが、二人きりでしか嚙み締められない幸福など、もはや意味は無い。皆に「いいね！」と思ってもらえる仮装の方がずっと楽しいというものです。

若者達を見ていると、その自撮りテクニックに感心する私。自分が可愛く見える角度はアイドル並みに知っているし、自撮り棒使いにも熟練、そして画像加工もお手の物。

しかしそのような姿を見ていて思うのは、

「恥ずかしくないのだろうか」

ということなのです。芸能人でもないのに、「いかに良く写るか」に血道《ちみち》をあげるというのは、我々世代にとってはちょっと恥ずかしい。思ってはいても、他人からは隠すべき心理が「良く写りたい」でした。

しかし彼等は別に、恥ずかしくないようです。そこには、彼我《ひが》の間にあるメディア環境の違いというものが影響していましょう。

昭和四十年代生まれの私は、「紙焼き写真世代」です。小さい頃はまだ白黒フィルムの時代であり、赤ちゃん時代の写真などはセピア色の光景。

対して、デジタル機器が発達してから生まれた若者達は、いちいちフィルムを現像に出さなくては写真を見ることができなかった時代を知らない、「デジタル世代」です。特別な時にだけ写真を撮るのではなく、日常の中でじゃんじゃん撮ったり撮られたりするのが、当たり前。

とはいえ我々の青春時代には「写ルンです」といったレンズ付きフィルムも出回っていたせいで、気軽に写真を撮る傾向が強まってはいました。機器さえあれば若者は写真を撮りたがるものなのであり、我々も授業中であれ通学中であれ、写真を撮っていたものでしたっけ。「自分達はこんなに楽しい青春を過ごしている！　この世の主役！」という感覚を、目に見えるものとして残しておきたかったのでしょう。

撮ったフィルムはせっせと現像してせっせと焼き増し、友人に配布。焼き増し＆配布が、我々の青春時代におけるシェア行為だったのです。青春時代にインスタやらティックトックやらがあったなら、我々もさぞや張り切って色々とアップしていたと思う。

かくして子供時代から青春時代という「写されたい盛り」を、私は写真と共に育ちました。当時もお金持ちの家庭には、８ミリカメラというものがあり、子供達の動画を撮ってもいたようです。しかし我が家はそのような環境にありませんでしたので、カメラで写真を撮るのが基本。庶民がビデオカメラを手にするようになったのは、私の大学時代であったと記憶します。

ですから家庭用ビデオカメラが普及した後に生まれた世代と、写真世代の我々とでは、「写される／映される」ということに対する感覚が大きく違う、と思うのです。ビデオカメラが普及してから生まれた人達は、まず「映される」ことに慣れています。撮ったビデオ映像を自分の家のテレビ画面で見ることも当たり前ですから、「見られる存在としての自分」にも慣れている。

対して写真世代は、「撮られる」ことに慣れていません。写真を撮られるのは、ほんの一瞬。運動会や誕生会の間中、ずっとビデオカメラを向けられ続けるということは経験しておらず、今でもスマホで動画を撮られるのは不得意。そして自分が映った映像をテレビ画面で見るような機会があると、どうにもむずがゆい心地に。

我々よりもっと上の時代の人は、ビデオカメラを向けられるとつい静止してしまうなど、さらに被写体としてピュアな態度を示します。写真フィルムが貴重な時代を知る人の場合は、写真を撮る時でも、直立不動で表情が固まるなど、身構えてしまう人も。そんな人々にとって「より良く写りたい」などという感覚は恥ずべき邪心なのであり、写真などはただ写りさえすればよいのです。

子供の頃からデジタル機器を駆使して自らの画像を撮りまくり＆ネットにアップしま

くっている若者達からしたら、そんな感覚は理解不能のものでしょう。機器の発達、そしてネット社会の出現によって、人間の「写される／映される」ことに対しての自意識は、どんどんスレていったのです。

## “見られる自分”を当然に意識する若者

私の青春時代も、「自分はこう撮られると可愛い」という意識を持つ友人はいました。が、悲しいかな写真世代、まだ「イケてる表情」が一種類しかなかったし、「可愛く写りたい」という気持ち自体、他人にばれたら恥ずかしいものとされていた。結果、

「あの子って、いつも同じ顔で写ってるよね」

「あの顔が可愛いって、自分で思ってるんだよね」

等と、揶揄《やゆ》の対象になっていたのです。

そんな我々世代の場合、SNSにアップする自撮り画像が、全て同じ表情の人がいる。

「ああこの人はきっと、若い頃からずっと、撮られる時にこの表情をとり続けてきたのだなぁ」と、しんみりした気分に……。

対して今の若者達の場合は、「可愛く写りたい」という欲求など、持っているのが当たり前、という認識。プリクラが流行《はや》った時は、皆が自らを可愛くする加工をどんどん

盛ったものですし、デジタル時代以降、写真の補整は当然の行為なのです。

彼等の画像向け表情のバリエーションは、豊富です。口をとがらせたりアヒル様にしたり、顔が崩れすぎないけれど満面の笑みに見える顔、おすまし顔にプンスカ顔……と、あらゆる状況に応じて、いきいきした表情ができる。

さらに若者達は、「可愛く写る」だけでは駄目、ということも知っています。良い表情ばかりをアップしていたのでは単調ということで、時にはあえて変顔をしてみせるという、外しのテクニックも体得。「こんなに可愛い子があんな変顔を」という振れ幅の大きさが、好感度アップにつながるのです。悪態顔というと、あっかんべーとか豚っ鼻にするくらいしか思いつかなかった我々と比較すると、変顔のバリエーションもまた飛躍的にアップ！

ネットに誰もが簡単に画像をアップできる世になったことによって、全ての人々は「見られる人」と化しました。以前は、素人は「見る人」としてのみ存在していればよかったのが、いつ画像や映像を撮られるかわからないし、それがいつアップされるかわからなくなって、一般人でも常に「見られる人」としての自意識を持たなくてはならないようになったのです。

しかしそんな若者達を見ていると、「見られる人」として生きるのも大変であることよ、と私は思うのでした。

たとえば変顔一つをとっても、見ている者は、それが恥というものをかなぐり捨てた上での全身全霊での変顔なのか、「こんな変顔までできちゃう私って可愛いでしょ」という媚態《びたい》混じりの変顔なのか、わかる人にはわかってしまうもの。しかし一方では、「美人さんなのにこんな顔ができちゃうって、なんてキュート!」といった天使のコメントをつける善人もいるのであり、「わかる人」は心の中でブーイングのスイッチオン。

「リア充自慢だと思われないようにしなくては」という強い恐怖心も、若者は常に抱いています。リア充自慢を思うがままに炸裂《さくれつ》させていつの間にか友達を減らしてしまった大人を横目に、SNSとともに育っている若者は、その辺りがとても慎重なのです。

リア充自慢はやすやすと見破られてしまう今、間接自慢という手法も盛んな模様です。つまり、「彼とラブラブ」ということを自慢したいが、仲良し2ショットをアップしたらリア充自慢の度が過ぎることはわかっているので、

「ビルズでパンケーキ♡」

などとパンケーキの写真をアップしつつ、そこにさりげなく男性の手が写り込んでいて、「彼と来てます」アピール、といったような行為が、間接自慢。

そういえば私も中年SNSにおいて間接自慢を見たことがありましたっけ。

「こんなところで昼寝してる。車が出せない……」

という文章とともに、車のボンネット上で眠るネコの写真が。ネコはとても可愛いのだけれど、ネコの手前に写っているのはベンツのエンブレム。

この写真を見たとき、私は恥ずかしさのあまりホットフラッシュが起きそうになったものでしたっけ。エンブレムを入れずにネコだけ撮ることもできたであろうに……と。アップしていたのは友人の夫だったのですが、これが自分の夫でなくて良かった、と心底思いました。

その時もやはり、

「おっ、さすがメルセデスですね」

などと天使コメントをつけている善人がいたのです。が、果たしてそれが天使としての声なのか、「面白いからもっと煽《あお》ってやれ」という黒い意図を持つものなのかは、私にはわからなかった。

このように、自慢であろうと間接自慢であろうと、つい天真爛漫《らんまん》にしてしまうのが中年。対して若者の場合は、自慢がもたらす危険性を熟知しているので、細心の注意を払いつつSNSを使用しているのに、それでもなお「あざとい」などと陰で言われかねません。

たとえば、風邪をひいたということで、微熱を示す体温計の数値をアップすれば「弱ってるアピール」と取られかねないし、芸能人にならってすっぴん顔をアップしたら、それがかえって「すっぴんでもきれい」アピールと判断されたり。

素人の中年の場合、さすがにすっぴんアピールする蛮勇を持つ人はいませんが、蒲柳《ほりゅう》の質《しつ》アピールをする人はいます。

「今日は人間ドック。血圧は上が90に届かない。なかなか採血もできず、看護師さんに苦労をかけてしまうダメな私……」

といった投稿は、同世代からしたら「中年でも血圧低いアピール」だということが一目瞭然なわけですが、若い人からしたら「中年になると血も出ないいんですね」という感想になることでしょう。

このように無自覚に自慢をしてしまう中年に対して、いくら気をつけても「◯◯アピール」と見破られてしまうのが若者。リアルライフでもネットライフでも好感度をキープするのは、さぞや大変なことでしょう。

## 「感謝」「感動」ブームの裏には

そんな若者達を見ていて私が「恥ずかしい」と思うことが一つあります。それは、彼等がやたらと家族や仲間に「感謝」をしまくり、家族や仲間と一緒に何かをしたことに常に「感動」しまくる、ということです。

ＳＮＳにおいても、家族や友人との楽しいひとときの画像をアップした時に見られるのは、ハッシュタグでの感謝関連用語の数々。

また若いアスリートのインタビューなど見ていても、

「この勝利は決して自分の力だけでなく、家族やコーチ、チームメイトやスタッフの皆さんの力が無ければ……云々《うんぬん》」

といったことが必ず言われる。

アスリートのインタビューで使われる言葉には、流行り廃《すた》りがあります。大昔のアスリートは、インタビューの訓練など受けていなかったので、「そっすね」と「がんばります」くらいしか言えなかったのですが、次第に「アスリートもウケなくてはならない」という意識が浸透し、まず流行ったのは「試合を楽しみたい」という言葉。負けても、

「結果は良くなかったですけど、楽しめたので良かったと思います」

などという選手が続出しました。

次に流行ったのは「次につなげる」というもの。負けても「楽しめたので良かった」はさすがに無責任ということなのでしょうか、この敗北を次の試合の糧《かて》とします、とアピールするようになったのです。

「次につなげる」ブームは今も続いていますが、その次にやってきたのが「感謝」ブー

ム。今やアスリートのインタビューでは、誰に何を聞いても感謝の叩き売り状態で、もっと本音を聞かせてくれ、とすら思います。

皆が言っているからという理由で、自分も「感謝」と口にする、という事情もありましょう。が、案外彼等は、本気で感謝をしています。若者達を見ていると、反抗期などロクに無く、常に家族と仲良く、友人は宝物で、大人に反抗したいと思ったこともない、という人が多い。

私は大学時代に体育会の部に所属していましたが、今時の現役学生達は皆、素直な良い子なのです。試合の後や卒業する時などは、家族や仲間や我々OB・OGへの感謝の言葉を決して忘れません。そして彼等は、「語る言葉」を豊富に持っています。納会などの部の集いにおいても、「自分達はいかに素晴らしい仲間を得て、どれほど熱い戦いを繰り広げたか」をものすごく上手に語り、感動のあまり語りながら泣いたりしているのです。

若者世代は家族と仲が良いですから、試合や集いには、親御さんもこぞって参加します。親御さんのスピーチというものもあるのですが、彼等もまた、

「こんな感動をくれた息子達に感謝したい」

と、子供に感謝しながら目頭を熱くしたりしている。

私はそれを眺めながら、カーッと恥ずかしくなっているのでした。感謝に満ちた世が、

悪いはずはなく、素晴らしい感謝の応酬ではあるのだけれど、恥ずかしさを感じてしまうのは何故なのか。

……と考えてみますと、「そこに含羞《がんしゅう》が無い」せいなのだと私は思います。昭和時代の人は、親への感謝の念は心の中で抱きつつもなかなか表には出せず、「墓に布団は着せられず」と後悔するのが、一つのパターンでした。昭和人は、家族という間柄において、アメリカのように「アイラブユー」を言い合ったりハグしたり面と向かって感謝を述べたりするのは恥ずかしい、という感覚を持っていたのです。

私もその時代の者であることから、SNSで親への感謝を世界に向けて発表したり、面と向かって言うことはできずに生きてきました。結果、今や「墓に布団は……」という状態になっている。

そんな昭和人の私からすると、集いの席で親子が互いに相手への感謝を涙ながらに述べ合うという光景は、感動的である一方、あからさますぎるのです。それをしていいのは結婚式と葬式の時くらいで、たかだか学生の運動部の集いでは、濃厚すぎやしないか。彼等が親子の愛に堂々と陶酔している姿は近親相姦の現場のようであり、「皆まで言うな」となって、出かけた涙も引っ込むのでした。

とはいえ私も、自分に子供がいてスポーツなどしていたら、試合の結果に毎回、涙していたことでしょう。そして「家族に愛が満ちていてどこが悪いの」と思うのではないか。

日本人は古来、「親しき仲に言葉は不要」と思っていました。夫婦や親子といった関係においては、いちいち愛だの情だのを言葉にしなくてもわかっているだろう、と。

しかし今や、寡黙は金ではなく、罪。「言葉にしなくては何事も伝わらない」という認識が、今の感謝ブームにつながってもいるのだと思う。

では、家族にそれだけ感謝を伝えられるのであれば、若者は異性間でも愛だの恋だのを積極的に言葉にして伝えることができているのかというと、そうでもないようなのです。

「育ててくれてありがとう」
「仲間に感謝」

といった言葉はスルスル出てくる割には、恋愛や性愛の現場においては「好きだ」「きれいだ」「したい」「させて」といった言葉は滞りがちです。

恋愛や性愛の場においてこそ、言葉は重要なのではないかと思うのですが、きっと若者は、その手の場において下手なことを言ってしまうと、交際したりセックスしたり喧嘩したり別れたり……と、面倒臭いことがたくさんありそうで、躊躇《ちゅうちょ》するのでしょう。親や友人への感謝の言葉は、いくら述べても面倒は発生せず、むしろ関係性をスムーズにするのみなのですから。

　若者は、異性の心に働きかける言葉を言わずに済ませている分、溜まった感情を親や友人への感謝として噴出させているのかもしれません。親への感謝ハイで泣いている若者も、それを聞いて泣いている親もどこか気持ち良さそうであることがまた私をテレさせるのであって、交情というのはどこか閉鎖された空間でした方がいいのではないか、と思ってしまうのでした。

# 恥の歴史

連載の第2回で書いた「中年とＳＮＳ」が文春オンライン上にアップされたのですが、すると何やら激しい勢いで、その文章がシェアされていったのだそうです。ネット民ではない私はその事実に気づかずにいたのですが、友人知人からの、

「見たよ！」

「大丈夫？」

といった連絡により、ネット上での出来事を遅まきながら知りました。

ざっくり言うならば、「ＳＮＳにおける自慢投稿が恥ずかしい」といったことを記していた、その文章。シェアした人やコメントをつけた人は、私の感覚に対して賛意を示す人もいれば、反感を表明する人も。

「中年とSNS」に対してビビッドな反応を示す人がたくさん存在した、という事実に対して、私は二つの感慨を覚えたことでした。すなわち一つは、「センス・オブ・シェイムは、これほどまでに人によって異なるものである」ということ。そしてもう一つは、「日本人のセンス・オブ・シェイムは変貌《へんぼう》しつつある」ということ。

SNSにアップされることを「自慢」と捉え、それに対して恥ずかしさを覚える私は、おそらく非常に古風な日本的感覚を持つ、恥ずかしがり屋なのです。対して、自身の生活を堂々とSNSにアップすることができる人、また「あれを自慢と捉えるとは寂しい感性の持ち主だ」という意見を持つ人は、今風の新しいセンス・オブ・シェイムの持ち主なのではないか。

日本人はそもそも、他国の人と比べると恥ずかしがり屋とされています。留学経験者は皆、日本人である自分のシャイっぷりを改めて自覚すると言いますし、

「アメリカに住んでた時、現地の人に日本人は『3S』だ、って言われた。つまり、ものすごくSHYで、何も言わずにニヤニヤSMILEを浮かべているかと思ったら、いつの間にかSLEEPしてる、っていう3Sが、アメリカ人にはとってもSTRANGE、みたい」

と知人が言っていましたっけ。私の乏しい海外における外国人との接触経験を思い浮かべても、確かに黙ってニヤニヤしているうちに眠さが募《つの》って、朦朧《もうろう》としていたものだ

ったっけ……。

自分の意見を言ってナンボのアメリカ人にとって日本人の3Sは異様に見えることでしょうが、日本において3Sは普通のことです。自分の意見を堂々と表明できる人は日本にも存在はするものの、多数派ではない。そして常に微笑みを浮かべることは「異様」ではなく「美徳」。電車から国会まで、どこで寝てもOKという風潮も、日本の安全性を示す証左となっているのです。

思い起こせば私は、そんな恥の国・日本においても、さらにシャイなタイプでありました。学生時代は、授業で指されて答える時には、緊張のあまり声が裏返ってしまう。会社員になると、「馬鹿がバレるのではないか」という恐怖が募り、会議での発言ができない。

そんなシャイな私にも、「思うところ」が無くはないのです。会社員時代の上司は仏のような人でしたので、口頭でのホウレンソウ（報告、連絡、相談）を苦手とする私に、「ナンなら書いて出してもいいよ」

と、文章でのコミュニケーションを認可してくれました。別の上司とは、会話の代わりに交換日記をしていましたっけ。

上司達がそのような特殊な教育を施して下さったにもかかわらず成長が認められなかった私は、いたたまれずに三年で会社を去り、現在の職業に専念。「話さなくていいって、何てラクなのだろう」と思ったものです。「中年とＳＮＳ」でも記したように、私は不特定多数の相手に対してであれば、何を書いても恥ずかしくない性分なのであって、現在の仕事のベースにあるのは、まさに恥の感覚でした。

とはいえシャイさにも経年変化が訪れるもので、年をとるうちに様々なことが平気にはなってきました。初対面の人とも話せるようになったし、相手がシャイな人の場合は、その緊張をほぐそうとする自分さえいるのです。「シャイという性質は、摩耗《まもう》するのだなぁ」と思っていた時にやってきたのがＳＮＳ時代であり、私は久しぶりに自身のシャイさを思い出すことになったのでした。

## 感情表現もアメリカナイズされたが

日本人の行動は恥の感覚によって規定されているという指摘が広まったのは、ルース・ベネディクト（ちなみに女性、来日経験無し）の『菊と刀』によってかと思われます。第二次大戦中、アメリカの戦時情報局というところでは日本人とはどのような性質なのかということを研究していたそうで、その研究を基として記されたのが本書。

昭和二十三年（一九四八）に日本でこの本が刊行された時、日本人は「日本人って、そうだったのか！」と、自らの立ち位置を初めて意識して驚いたことでしょう。恥につ

いての問題に関して言うならば、

「恥のことばかり考えながら生きているのって、日本人だけだったのね」

という驚きと発見があったのではないか。

同書においては、欧米では行動の規範が宗教的戒律という「罪の文化」であるのに対して、日本は世間に対して恥ずかしいかどうかで行動する「恥の文化」である、とされています。今となってはよく知られるこの二分法ですが、敗戦直後の日本人は、「なるほど！」と膝を打つような気持ちになったに違いない。

同書には様々な恥の感覚が記されますが、たとえば「感情を口外するのは恥」といった感覚は、今の日本ではかなり薄れているのです。嬉しくても悲しくても、そのまま態度に出すのは下品だし恥ずかしいこととされていた、『菊と刀』以前の日本。歌舞伎を見ていると、子供が殺されても平然とした顔をしている人が賞賛されたりしていますが、今の日本ではさすがにそれはない。感情表現も、アメリカナイズされたのです。

もちろん、感情表現の本家・アメリカ人などと比べると、今も日本人は控えめです。サプライズでプレゼントをもらったりプロポーズされたりした時に狂喜乱舞するアメリカ人、といった映像をYouTubeで見れば、「我々、まだまだですな」と思うのでした。

とはいえ、切腹しても辛そうな顔を見せるのは恥ずかしいとか、勝負に勝っても大喜びするのは恥ずかしいという感覚は、昔の話。今、その辺の行為が推奨されるのは、武道の世界くらいではないでしょうか。その手の世界であっても、今や柔道の選手などは他のどのスポーツの人より、勝った後に激しく号泣している。でもってそれが、「大の男が人前で無防備に泣く」ということには違和感を覚えるらしいアメリカ人には、驚かれたりするそうですから、難しいものです。

このように昔よりは「恥」を感じる範囲が狭まってきているとはいえ、我々が恥の文化から自由になったかというと、そうではありません。我々は今も、恥の文化を大切に守りつつ、生きているのです。

「お天道様が見ている」

「お天道様に恥ずかしくないように」

といったフレーズは、親から言われたかどうかははっきりしないけれど、とにかく我々は体感として知っている。

この場合の「お天道様」は、極めて「世間」と近いものなのでしょう。お天道様も世間様も、とにかく「様」をつけて丁重に扱った方がよい存在。たとえば、「誰彼となくセックスしまくることに躊躇《ちゅうちょ》する」という感覚はどこの国の人でも持つことでしょうが、欧米人なら「姦淫《かんいん》してはいけない」という神との契約を守らねば罪、という感覚がどこかにあるのに対して、我々は「世間でヤリマンとか言われるのは嫌だから」、しないのです。

はたまた、電車でお年寄りに席を譲るという行為。その時、「元気な自分が立ってお年寄りが座るのは当然」という感覚は、もちろんあります。が、一日中ヒールの靴で行動して足が棒、ものすごく疲れていて切に座っていたいという時に目の前にお年寄りが立ち、疲労のあまり「寝たフリ」という選択肢が目の前にチラつくものの、「座っている自分の前にかなりよぼよぼのお年寄りが立っている」という図をしばらく周囲に見られ続けることが恥ずかしいあまり席を立つ、ということが私にはあります。私は、疲れていない時は善意によって席を譲るのですが、疲れている時は恥の感覚によって席を譲るのです。

ルース・ベネディクトは、

「日本人の生活において恥が最高の地位を占めている」

と書きましたが、それは今も変わるところは無いものと思われます。私も、一日パジャマで過ごしても大丈夫な職業とはいえ、朝起きたら着替えたり髪を整えたりするのですが、それは「人間として当然」とか「一日を気持ち良く過ごすため」ではなく、「宅配便の人が来ても恥ずかしくないように」。その後、玄関先を掃くのは「環境を美麗に整えるため」でなく「ご近所さんの手前、恥ずかしくないように」。その割には家の中の掃除はおろそかなのは、世間様が目にすることがないからであって、誰かが家に来るとなったら、「散らかっていると恥ずかしい」と大掃除……。

恥の文化に従順に従う者である自分については、一人旅の時にも感じます。私は一人旅の時は極端に荷物が少ないのですが、それは着替えを持っていく必要が無いから。パンツだの夏場のTシャツだのはさすがに着替えたいのですが、もとより不潔に強い私は、その他の衣服は毎日替えずとも、全く平気なのです。

対して誰かと共に旅行をするとなると急に荷物が増えるのは、同行者に見せるための着替えを持っていく必要が生じるからなのでした。私にとって着替えとは、「清潔を保つため」でも「お洒落を楽しむため」でもなく、「誰かに『毎日同じ服を着ている』と思われるのが恥ずかしいから」するものだったのだなぁと、旅をするようになって気づいた次第。一人旅の時は、毎日同じ服であっても、「旅の恥はかき捨て」となるのでした。

## 源氏は「恥づかしかりし人」

戦後、恥の感覚の拡大縮小、そして変化はあれど、恥の文化は脈々と守り続けられている我が国。では、『菊と刀』よりさらに前の時代は、どうだったのでしょうか。たとえば時代をぐっと遡《さかのぼ》って、平安時代の「恥」。あの時代に書かれた作品を読んでいると、「恥づかし」という言葉が頻出します。が、今の「恥ずかしい」という言葉とは、その意味するところが少し違う模様。

この時代の「恥」は、ある相手に対して、引け目や劣等感や重圧等を覚える感覚を示したようです。たとえば「源氏物語」の「夕顔」において、たまたま目をつけた夕顔の家に源氏は通うようになるのですが、自分の家が庶民的な立地であることに対して、

「女（夕顔）いと恥づかしく思ひたり」

と記されています。

この時、夕顔は源氏が何者なのかを知りませんが、明らかに庶民ではない殿方が通ってくるには、自分の家は「恥づかし」、という状況だったのです。

さらにこの時代、「こちらが恥ずかしくなるほど相手が立派」という時にも、「恥づかし」は使用されました。同じく源氏物語の「若紫」において、まだ子供の若紫の美少女ぶりに目をつけた源氏は、「手元に引き取って自分好みに育てたいなぁ」と拉致《らち》計画を練るのですが、そんな時、若紫は源氏に対して、

「恥づかしかりし人」

と思うのでした。

今、誰かに対して「恥ずかしい」と言ったとしたら、「こんなことでこの人は恥ずかしくないのだろうか？」という非難の意味が含まれます。が、この時代は「こちらが恥ずかしくなるほど相手が立派」といった意味。若紫は源氏の美青年ぶりを見て、「恥ず

かしくなってしまうくらい素敵だわ」と思っているのであり、「恥づかし」は他人に対する褒め言葉でもあったのです。

「恥」という言葉の意味合いの多少の違いはあれど、源氏物語においてありありと示されるのは、「この人達は明らかに、恥の文化のもとに生きている」という事実です。この時代も仏教信仰は盛んであり、罪という意識が存在しなかったわけではありません。が、平安人達もまた、罪の意識によって日々の生活を律していたわけではなかった。「病気を治したい」といった現世利益のために、人々は仏教を信仰していたのです。

平安時代も、人々の行動を左右するのは、「世《よ》」であり「人」。色恋が盛んであった平安貴族社会において、「世」とは、「男女の仲」のことをも示していましたが、同時に「世間」の意をも持っていました。

人々は、「世」がつく言葉に、たいそう気をつけていました。「世人《よひと》」（世間の人々）の「世語り」（世間の語り草）にならないように、「世のおぼえ」「世のきこえ」（世間の評判）に細心の注意を払い、「世づく」（世間並みである）存在であろうと、行動したのです。

「世」を構成するものはもちろん「人」です。もっとも避けなくてはならないのは、「人げなし」（人並みでない）とか「人わろし」（外聞、体裁が悪い）、はたまた「人笑はれ」（他人に笑われるような様）という状態。そのためには、「人聞き」（世間の評判）

や「人目」を常に気にして、「人めく」（一人前に見える）、「人々し」（人並みである）という存在であらねばなりませんでした。

「世」「人」関係のワードは、源氏物語ひとつとっても、数えきれないほどに使用されています。源氏は、「相手の女性が可哀想」といった人道的観点から行動することはまりありませんが、「世づく」ため、そして「人笑はれ」を避けるためには手段を厭《いと》いません。女をどれほど傷つけても、世間にばれなければ、良心の呵責《かしやく》を覚える必要は無かったのです。

そういえば『菊と刀』にも、

「恥の文化には、人間に対してはもとより、神に対してさえも告白するという習慣はない。幸運を祈願する儀式はあるが、贖罪《しよくざい》の儀式はない」

という文章がありましたが、千年前に書かれた日本の物語においても、源氏は贖罪の必要性を全く感じずに、女性達に不幸を配り歩いていました。

恥の感覚はまた、強大な力の原動力にもなります。源氏物語には、嫉妬深いことで有名な六条御息所《ろくじようのみやすんどころ》という女性が、愛人の一人として登場します。とある祭の行列に参加している源氏を見物するため、彼女が牛車で出かけたところ、そこは多くの牛車で大変な混雑。すると源氏の正妻である葵の上一行の牛車に、六条御息所の車がぐいぐいと押しやられた上に、壊されてしまったではありませんか。

愛人の車が、正妻の車に押され、壊される。……六条御息所は決して身分の低い人ではありませんでしたから、彼女の心は恥辱《ちじょく》にまみれます。彼女の胸に去来したのは、「正妻の車に押されたこと」に対する腹立たしさ、ではありませんでした。「こんなひどい目に遭っているのが自分だと知られること」に対する恥ずかしさ、なのです。人並み外れて高いプライドの持ち主である彼女は、

「またなう人わろく、くやしう……」

と、つまり「この上なく体裁《ていさい》が悪く、くやしく……」という気持ちでいっぱいに。

悪いことに彼女は、特殊な嫉妬能力を持っていました。その後、正妻の葵の上は、出産の折に生き霊《いりょう》にとりつかれて命を落とすのですが、生き霊の正体こそが、六条御息所。祭という人目だらけの場所で、六条御息所の顔に泥を塗ったことによって、葵の上は命を落とすことになったのです。恥の文化が支配する世の中で生きる上で、他人に恥をかかせることは、時に深刻な結果をもたらすのでした。

平安時代と今を比べると、当然ながら社会は激変しています。今を生きる女性はもう十二単《じゅうにひとえ》を着ていないし、自由に出歩くこともできるし、家族以外の男性に顔を自由に見せることもできる。ネットだのスマホだのは、平安人にはわけのわからないものでしょう。

では、この千年の間に、人が手に持つものが扇からスマホに変わったくらいの変化が

人間の感情にあったかというと、そうではない気がするのです。世間並みでなければ恥ずかしい、恥を感じないように生きねば……という感覚は、昔も今も驚くほど同じ。むしろ今の世ではまた、同調圧力とやらが強まっているというではありませんか。

国民性というのか民族性というのか、その手のものはそう簡単に変わるものではないようです。アメリカ人から、

「やーい、恥の文化！」

などと指摘されて、日本人は「恥の文化って、恥ずかしい！」とばかりにその文化を捨てようと努力したのだと思いますが、千年間も変わらずにあったものは、敗戦でもやはり変わらなかった。

今もなお、日本人は恥の文化を克服しようと努力しているように見えます。他人と違っても恥ずかしくないではないか。堂々と自分の意見を表明できるようにしよう！　などと。

そのような努力の効果がようやく出てきたからこそ、SNSなどでも、私のような旧来型日本人とは異なるセンス・オブ・シェイムを持つ人が登場したのか。それとも、その手の人は一定の割合で昔から日本に存在していたのか。……次章は、そのあたりを探ってみたいと思います。

# 恥と集団

我が家の近くにある、横断歩道。そこには以前、信号がついていませんでした。信号が無くとも安全に渡ることができる程度の道幅であり、交通量なのです。

ある時、そこに信号が設置されました。信号を守る人もいましたが、私を含めほとんどの人は、信号よりも「車が来ていない時は渡る、来た時は止まる」という従来のルールに従っていたのです。

しかし信号が出来てから数年が経つと、次第に「信号遵守派《じゅんしゅ》」が増えてきました。おそらくは新しい住民が増え、「そこにかつて信号は無かった」と知る人の割合が減ってきたからなのでしょう。車の気配は全くないのに、信号が赤であればじっと待つ、という人が多数派に。

するとどうしたことか、私もまた、次第に信号を遵守せざるを得ない気持ちになってきました。近くにちびっ子がいる時は、子供への影響を考えて、私も信号を守っております。が、そうでない時は、信号はどうあれ、状況が許せば渡りたいのに、そうできない。「ならぬことはならぬ」という会津人ばりの精神をもって信号待ちしている人が何人もいる状態の時に、足を一歩踏み出すことができなくなっていました。

なぜ以前は赤の時でも渡っていたのに、できなくなったのか。……と考えますと、「皆がしていないことをするのは恥ずかしいから」なのです。

「赤信号、みんなで渡れば怖くない」

と言ったのはビートたけしさんでしたが、まさにその言葉は真実。皆が信号待ちをしている時に、一人で赤信号を渡るのは、非常に怖い。

その時に怖いのは、決して車ではありません。車より恐ろしいのは、信号を遵守している多くの人々の視線。「皆が信号待ちしているのに、渡るの？」と無言で語る世間様は、信号無視者を視線で殺します。

どうしても急いでいる時など、勇気をふりしぼって赤でも渡ることがあるのです。しかしその時の緊張たるや、新人モデルがパリコレのランウェイを歩くが如《ごと》し。「おとなしく信号待ちをしていれば、私も世間の一員として安穏としていられたのに」という後悔が、渦巻きます。

日本は安全で平和な国だと言いますが、その安全や平和は、警察によってのみ保たれているものではありません。警察と同等、もしくはそれ以上の力をもっているのが、世間様です。世間様の一員となれば我々は手厚く庇護《ひご》されますが、一歩外に出てしまうと、丸腰で生きていくような感覚に陥る。

皆と同じことをしていれば平和だし、いちいち自分で考えなくてもいいので楽。……という感覚が、我々には確かにあります。それは、共同作業が必須の稲作文化によって、育まれたのだそう。確かに、地方では「皆で一緒に」という感覚は都会よりも強いようです。田舎の集落で、「変わり者」とのレッテルを貼られている人がある瞬間にブチ切れて集落内連続殺人……といった事件がたまにあるのも、そのせいでしょう。

しかし都会には「皆で一緒に」感覚は無いのかといえば、そうではない。東京で生まれ育った私は稲作など経験したことはなく、文筆業という極めて個人主義的な職業についているにもかかわらず、件《くだん》の横断歩道での行動のように、簡単に世間様に絡めとられるのですから。真面目に農作業をし、生き残るために庄屋さんの言うことを遵守していたであろう先祖から伝わる何か、の強さを感じるのです。

農作業によって「皆と一緒に」感覚を鍛え上げたという日本人は、体格では諸外国の人より劣っても、団結することによって力を発揮する術を覚えました。第二次世界大戦ともなると、集団で力を発揮するという特技にさらに磨きをかけ、

「進め一億火の玉だ」

ということに。

一人一人の力はたいしたことがなくとも、一億人が集団となれば火の玉のような力となる、と伝えるこの言葉。日本人は、一億人が共に赤信号を渡ろうとしていたのです。一億人が火の玉になった時代は、何も考えなくてもよい時代でもあったのだと思います。政府や軍部の考えは間違っていると思っても、それを口にしたらひどい目に遭うから、思考を放棄しなくてはならなかった。それは、たとえ日本が滅んでも、他者のせいにすることができた時代ということでもあります。

敗戦後、欧米から個人主義というものが入ってきてからの日本人は、今に至るまで混迷を続けている気がしてなりません。戦争の記憶をまだ持っている世代の人達は、モーレツ社員として「過労死上等」の覚悟で働き、日本を経済大国に押し上げた。……のだけれど、集団で滅私奉公することに人々がうっとりする時代は次第に終り、個人の幸福が重要視される時代に。

しかし庄屋さんの言うことには絶対服従、という刷り込みは、前述の通りそう簡単には消えません。個人としての幸福を求めつつも、一方では「世間様に恥ずかしくない生き方」を求められ、私達はずっと股裂き状態にあるのではないでしょうか。赤信号の横断歩道を渡りたい、でも渡れないという私の感覚は、その延長線上に存在します。

皆と違うことをするのは恥ずかしいし叩かれる、けれどちょっとは人と違うことをしないと、自分が求める幸福には到達しない。……そんな世の中で我々は右往左往しているわけですが、自分もまた世間様の一員である以上、自縄自縛《じじょうじばく》状態から抜けることはできません。実際、満員電車の整列乗車を乱す人がいると、「チッ」と思うわけですし。

## 金子みすゞはなぜ心を打つのか

世間様に守られつつ監視されている私達は、

「みんなちがって、みんないい」

という文章に救いを求めた時がありました。これは、金子みすゞの詩「わたしと小鳥とすずと」の一節。人間の「わたし」。空を飛ぶ「小鳥」。きれいな音を鳴らす「すず」。それらは全て異なる存在だが、どれがよくてどれがよくないというものではなく、どれも「いい」のだ、とみすゞは書きました。

金子みすゞは、明治末から昭和初期に生きた人ですが、この詩が平成初期に没した相田みつをの作としばしば誤解されつつ現代の人に受け入れられているのは、今の言葉で言うなら「ダイバーシティ」的な思いを表現しているからなのでしょう。

みすゞは、女であるが故の辛酸《しんさん》を舐《な》め、最後には自死を選んだ人です。女でも男でも、人間でも動物でも、はたまた有機物でも無機物でも、その存在は尊重されるべき。……といった思いが、彼女の詩には込められています。

しかし、男女平等とか人権といったものが認められる今も、「みんなちがって、みんないい」が人々の心を打つのは、「みんなちがう」という状況が、今も「いい」とされていないことを示します。皆がてんでバラバラに違う存在なら「いい」のでしょうが、皆が同じ状態の中で一人だけ違うことをすることの恥ずかしさに、我々は今も耐えることができない。

自分らしく！　個性いきいき！　……と言われる一方で、しかし個性を野放しにするには勇気が必要。その傾向は、むしろ強まってすらいるようです。

たとえば私の出身校は私服の学校なのですが、今時の学生さんは全員、チェックのスカートにVネックセーターと、ほぼ同じ服で通学している。靴下すら、全員が紺のハイソックスで統一されており、外部の人には制服の学校かと思われていたりします。

私の時代は、チェックのスカートの子もいればOLみたいなファッションの子もいれば全く服装に気を使わない子もいたりと、まさに「私服」だったのに、この統一っぷりはこれいかに。

現役高校生と話したところ、

「私服の日があればいいのになー」

などと言っており、「元々私服でしょうよ」とびっくりしたのですが、

「皆と違う服を着てくるなんて、恥ずかしくてできない。白いハイソックスすら無理。だから、『皆がそれぞれ着たい服を着る日』があればいいのに」

とのことなのです。

戦後七十年余が経っても、「個性いきいき！」の時代は、来る気配は無い。チェックのスカートの女子高生の背後には、皆で一体となって田植えをする先祖の霊が、ぴったりと寄り添っています。

全体主義的な教育の名残がまだ残っていた頃、若者は校内暴力や家庭内暴力によって大人の支配への反抗を示しました。が、「自分らしく生きよう。ただし、集団の規範を乱さない程度にね」の時代となると、若者は暴力という過剰なコミュニケーションの道はとらなくなります。

我が母校でも、とっぴな格好で反抗を示す女子高生は消えました。若者が戦う相手はもはや先生や親ではなく、世間。母校で言うなら、チェックのスカート集団そのものが、相互監視組織となっているのです。

そんな監視から若者が逃げる時に取る手段が、ひきこもりなのだと私は思います。世間から逃げるのに、「反抗」はもはや無駄。コミュニケーションの舞台から退くしかありません。

## ひきこもりたくて

私は校内暴力の時代に青春を過ごした者ですが、しかしひきこもりの話を聞くと、「わかるー」と思うのです。自分が若い頃は、まだひきこもりという手段が発明されていませんでしたが、ひきこもりブームの時に難しいお年頃だったら、自分もひきこもっていたかも、と。今も自分は「比較的よく外出するひきこもり」なのでは、という気もします。

「どこへ出しても恥ずかしくない人」というのが、日本人の理想像であるわけですが、私は大人になった今も「どこに行っても恥ずかしい」者。そんな私が、自らがやらかした行為で恥ずかし死にしそうになった時、最も効果的な対処法は「誰にも会わない」というものなのでした。誰とも話さず一人でいれば、自動的に「恥ずかしい言動」はしなくて済むのであり、「どこへ出しても恥ずかしくない人」になれないのであれば、「どこへも出ない」という手法をとればいい。

だからこそひきこもり生活は、甘美な誘惑をもって迫ってくるのです。今は生活の必要上、外出をして人と会ったりしては恥ずかしさでクラクラする日々を過ごしていますが、おばあさんになったら思う存分、引きこもるのが夢なのでした。

ひきこもりに対する、憧憬《しょうけい》。この感覚は何かに似ている。……と思ったら、わかりました。それは、かねて抱いていた隠遁者《いんとんしゃ》への憧れと、似ているのです。西行《さいぎょう》、鴨長明《かものちょうめい》、兼好法師……といった隠遁セレブが日本では人気ですが、ひきこもりとは、すなわち自宅内隠遁。俗世から逃れるという意味では、同じような行為です。

隠遁セレブの中でも兼好法師のことは、その隠遁生活に憧れると同時に、随筆界の先達《せんだつ》としても尊敬している私。『徒然草』を読んでいると、彼は非常に「恥」に敏感な人であったように思えます。

日本の隠遁者の多くは、仏教的な背景をもって世を捨てているようです。兼好の場合は、かつては朝廷に仕えたこともあるようですが、「来世のことを考えたら、俗世で無駄な人付き合いとかしている場合じゃない。人として生まれたからには出家して当然！」と、良き来世を得るために、出家したようです。

が、「それだけなのだろうか？」と、私は思うのでした。彼は好き嫌いが非常にはっきりした人であり、他人に対して「うわっ、こんなことして恥ずかしくないのか？」としばしば思う人でした。『徒然草』というのは、自分と他者とのセンス・オブ・シェイムの違いについて書いた書、ということもできましょう。そして彼は、世間と自分の恥の感覚の差があまりに大きいことに嫌気がさしたことも、隠遁生活に入る一因となったのではないか。

根っからの都会人である兼好は、現代の京都人と同様、田舎者や自慢しい、知ったかぶりをする人などに対してしばしば、「この人、恥ずかしくないのかな？」と思っています。「田舎者ほど、事情通」とか、「田舎者ほど、知ったかぶり」などと、田舎者には特に厳しい兼好。今よりもずっと京都中華思想が強い世においては、田舎の人の都会人ぶりっこ、事情通ぶりっこが我慢ならなかったのでしょう。

そこには、時代背景も関係しています。兼好の人生の詳細ははっきりしていないものの、一三三〇年代に記されたのではないかと言われる「徒然草」。彼は「枕草子」愛読者でありましたが、清少納言が生きた雅《みやび》な貴族社会は、兼好の時代には既に終わっていました。

兼好が生きていたのは、鎌倉などというド田舎に幕府があり、下品な武士が幅を利かせるようになった時代。兼好も「徒然草」の中で、東国の武士のことは「荒夷《あらえびす》」などと馬鹿にしくさっていますが、そんな荒夷が権力を握る世の中になっていたのです。

下品な東国の武士が京にやってきて、知ったような顔をして田舎言葉でペラペラ話す様を見て、兼好は「あーもう、恥ずかしい！　しかしこの恥ずかしさを理解してくれる人が、周囲にどれほどいようか」と、恥辱と絶望、そして世も末感にまみれていたものと思われます。公家社会から武家社会へ、と世が移りゆく中で、兼好のような自意識の持ち主はいたたまれず、俗世からの足抜けを思い立った、という面もあるのではないか。

田舎者のみならず、身分が低い人や老人などにも厳しい、兼好。その手の人もやはり、平気で出しゃばったり、周囲を考えずにペラペラしゃべったりするわけで、「身の程というものを考えろ」とつい思ってしまう彼は、ほとんどの人のことが嫌いなのでした。

そんな兼好は、

「すべて、人は無智無能なるべきものなり」

と書いていています。が、これは本当に無智で無能な人が良いと思っているわけではありません。知性あふれる人であっても、それを表に出さないのが本当の知性ってものでしょうよ、と思っているのです。

自慢行為が大嫌いな兼好が現代のSNS全盛時代を見たら、さぞやイラついたことでしょう。数々のリア充アピールに対して、

「自分の充実ぶりを他人に知らしめてどこが楽しいのだ、恥を知れ！」

と言うに違いない。

しかしここで思い出さずにいられないのは「全てのエッセイは自慢話である」という、以前にもご紹介した真実の法則です。徒然草もまたエッセイであり、彼の中にも、自慢したい欲求が渦巻いていることは確実。

兼好の場合は、「俺って知性派都会人」という強い自負を持つわけで、彼にとっての自慢ポイントは「俺は自慢なんかしない」というところ。彼が本当に自慢やアピールを

必要としない人であれば、徒然草など書かなかったことでしょう。自慢を必要としない人は、自分の心情を書き残したくなどなりません。彼も自慢したくないのなら、黙って隠遁し、黙って死んでいったはずです。

だというのに彼は、つれづれなるままに、心にうつりゆくよしなし事を、そこはかとなく書き綴ってしまったのでした。そして、田舎者や身分の低い人や老人をさんざ馬鹿にしながら、「幼い頃から俺はこんなに賢かった」といった明らかな自慢を記したりもしている。彼もやはり、誰かに認められたいのです。

彼の願いは叶い、徒然草はやがて多くの人に読まれ、二十一世紀の今も版を重ねています。それは兼好にとって喜ばしいことであると同時に、恥ずかしいことでもある気が、私はするのです。良い来世の獲得活動に必死だった兼好のこと、今頃は蓮の台《うてな》でのんびり過ごしていることと思いますが、

「今思えば徒然草、自慢欲求がバレバレだったな……」

などと思っている気がしてならない。

恥をたれ流しながら生きている私は、自分自身の恥ずかしさに耐えきれず、世間という集団から足抜けして「ひきこもりたい……」と、時に思います。対して兼好は、世間の人々が平気で撒き散らしている恥ずかしさに耐えきれず、隠遁しました。

しかしそこには、大した違いは無いのかもしれません。兼好もまた自慢がしたくてた

まらない恥ずかしい人であったからこそ、田舎者や身分が低い人や年寄りの自慢に近親憎悪を感じたのではなかったか。

世間という集団からちょっとはみ出すのは恥ずかしいけれど、しかし完全に抜けでてしまえば、かえって恥の感覚からは自由になる。ひきこもり者や隠遁者は、そんなことを私達に教えてくれます。開国しようと戦争に負けようと恥の文化は崩壊せず、かえって強まる日本において、そこから自由になる手段としてのひきこもりを選ぶ人達の気持ちはよくわかりますし、西行や兼好のような偉大な文学者が、いつかひきこもりの中から生まれてくるかもしれない、と思うのでした。

# 恥ずかしい言葉

「チョコ」および「アイス」という言い方が、恥ずかしくてできません。当然ながら「チョコアイス」などという言い方は、もってのほか。「チョコレートアイスクリーム」と言わねばならぬ。

略語が嫌い、というわけではないのです。私は一部の友人から「さかじゅん」と呼ばれていますが、キムタク氏のようにそれを嫌悪したりはしない。「セクハラ」だって「スマホ」だって躊躇《ちゅうちょ》なく使いますし、むしろ略語は好きな方。東京メトロ各線のことだって、「マル」（丸ノ内線）、「ハンゾウ」（半蔵門線）、「チヨ」（千代田線）などと、略した愛称で呼んでいるのです。

それなのに「チョコ」や「アイス」はなぜ恥ずかしいのか。「チョコ」や「アイス」

だけでなく他にも恥ずかしい略語はあるのですが、この二つはその中でも恥ずかしさレベルではツートップなのであり、それは何故なのかが、自分でもよくわからない。

この感覚を他人に話すと、やはり、

「なんで?」

と言われるのですが、たまに同好の士と会うことがあります。頑《かたく》なに「チョコレート」「アイスクリーム」と言い続ける人がいると、たとえ知り合いでなくとも、そっと近づいて肩を叩きたい気持ちになるのでした。

友人の中に一人だけ、私と同様、「チョコ」「アイス」を嫌悪する人がいます。彼女とこの問題について話していたところ、彼女の場合は、

「親がその手の言葉を使わなかったので、染《し》み付いている」

と言っていました。確かに我が親も「チョコ」とか「アイス」とは言わなかったかも。家庭環境から、忌避感《きひかん》が生まれているのか。

「結婚する時も、彼に『お願いだからチョコとアイスっていう言い方はしないで』ってお願いしたもの。もちろん子供にも、使わせてない」

と彼女は言っていましたから、彼女の家では反チョコ反アイスの伝統が、脈々と守られていくことになる。

しかし「チョコ」と「アイス」にまとわりつく恥ずかしさの源はどこにあるのか。

……とさらに考えていくと、それは日本が貧しかった頃の記憶にたどり着くのかもしれない、という気がしてきました。私は高度経済成長期の生まれであり、子供の頃からチョコレートもアイスクリームも食していましたが、その親の世代となると、子供時代は戦争中。両方とも、滅多《めった》なことでは口にできなかったことでしょう。

戦後、進駐軍が入ってきた時に、日本の子供達は兵隊さんから与えられたハーシーのチョコレートの甘さ、美味しさに驚愕《きょうがく》したと言います。戦後の食料不足の中で、子供達が進駐軍を見る度に、チョコレートを求めて手を差し出すのは、無理の無い話です。しかしそんな子供達を、「恥を知れ」と苦々しく見る大人もまた、いた。そんな、敗戦国の情けなさやひもじさが入り混じった複雑な感情が、「チョコ」にはいまだ、まとわりついている気がしてならない。

アイスクリームもまた、敗戦後に日本が余裕を取り戻して、やっと子供達が口にできたものなのだと思います。「チョコ」「アイス」といった言い方には、どことなくはしゃいだ空気感がありますが、初めてチョコレートやアイスクリームを食べて浮き立った昔の子供達の記憶――それは自分の親だったのかもしれない――が、その子供世代である私に「チョコ」「アイス」と言うことを躊躇させているのではないでしょうか。

今の子供達は、何の戸惑いもなく「チョコ」「アイス」と言うことができます。私世代にとって、祖父は戦争に行き、親は子供時代に疎開を経験している……という感じで、第二次世界大戦は案外身近な出来事。しかし今時の子供にとっては、第二次世界大戦も応仁の乱もそう変わらない、日本史上の出来事に過ぎません。チョコレートを巡る哀しい歴史を彼等が知るはずもないわけで、乾いた気持ちで「チョコ」「アイス」と言うことができるのです。

昔、私は「パイン」という言葉も恥ずかしくて言うことができませんでした。こちらもまた、日本が貧しかった時代と関係しているのではあるまいか、という気がしているのですが、しかし「パイン」は最近になって、口にできるようになってきました。

それというのも「パイン」という言い方自体、最近はあまり使用されなくなってきたから。「チョコ」「アイス」という言葉は現役なので、バリバリの「今」の中に戦後の生々しい空気感がぬっと顔を出すような印象を抱いてしまうのですが、「パイン」はもう、「パインアメ」（なんと「パイン株式会社」が製造。昭和二十六年に製造が開始されたこのアメには、やはり戦後の貧しさが残る中、高級食材として庶民には手が届かなかった「パイン」をお手軽に……という精神が込められている模様）くらいでしか使用されていない言語。すっかりレトロな言葉と化しているからこそ、安心して使うことができるのだと思います。

## 性の言葉の「人それぞれ」感

「恥ずかしくて使えない言葉」は、人によって様々です。私が「恥ずかしい」と思っても他人にとってはどうでもいい言葉だったり、私が堂々と使用する言葉が、他人にとっては恥ずかしくてたまらない言葉だったりもする。

中でも「人それぞれ」感が強く出るのは、性にまつわる言葉の数々でしょう。思い出されるのは、そろそろ皆が性に目覚めてきた、中学生の頃。同級生が小声で、

「今日、女の子の日だから……」

などと言っているのを聞いて、私は恥ずかしさのあまり卒倒しそうになったものでした。彼女は「生理」を言わんとして「女の子の日」と言ったのですが、「シモ関係の言葉を直接的に言うのは良くないから」という気遣いのあまり使用した「女の子の日」という言い回しは、あまりに生臭かった。

その言葉を口にした友人は、女の子女の子した人でした。その「女の子」ムードに「女の子の日」という言い回しが重なった時、まだおぼこい中学生であった私は、濃厚なねっとり感に自家中毒を起こしそうになったのです。

当時も今も、私は性的な話題が嫌いではない、と言うより大好きな方であるわけです

が、性に関する事象をそのように隠そうとされると窒息《ちっそく》しそうな気持ちになることは、今も変りありません。生理のことは「生理」でいいではないか。「生理」を恥ずかしいと思って別の言い方で表現するという、その心持ちの方がずっと恥ずかしいではないか、と。

そうしてみると私は、本当は性にまつわる話題が好きなのではなく、苦手なのかもしれません。その手の話題があまりにも恥ずかしいから、「女の子の日」とか「エッチ」ではなく、「生理」「セックス」と言わずにいられない。生臭さが人一倍苦手だからこそ、即物的な言い方を求めていたのかも。「女の子の日」と平気で口にできる友達の方が、生臭さに対する耐性はよっぽど強かった気がしてきました。

性的な事象について直接的な言い方をしないというのは、日本古来のやりかたなのかもしれません。「古事記」においても、イザナミの「成り成りて成り合はざるところ」に、イザナギの「成り成りて成り余れるところ」を刺《さ》し塞《ふた》ぎ、国生みをしたわけです。ここまで遠回しな言い方をされると、私も特に恥ずかしくはなくなってくる。

平安女流文学を読んでも、生理や出産、セックスといった出来事は、直接的には記されません。何となくぼやかした言い方で「あとは察して」と読者に託されるわけで、それが女性のたしなみというものだったのでしょう。

その感覚は、割と最近まで延々と続いたものと思われます。たとえば昭和十年に刊行された「婦人公論」を読んでいたら、「処女べからず帖」というページがありました。未婚女性＝処女だったこの時代、彼女達に対するマナー指南のような特集なのですが、その中に「卑しき言を発すべからず」という項がありました。そして、

「いやしくも処女たるものが、人前で平気でズロースといふ言葉を発してはいけません。おズロもいけません。すべて、ヅカ（注・宝塚）だのフロ（注・何を略したのか不明）だの、略語は卑しいものとご承知下さい。是非ズロースと云ふ必要が生じたら、『あの……小型ニッカ・ボッカを』と仰有《おつしや》い」

と書いてあったのです。

ズロースとは、今で言うパンツ（ズボンの意味でのパンツではない。「パンティ」という言葉がやはり恥ずかしいため、パンツと書きたい）のこと。下着を表す言葉を、人前で言うな。どうしても言うなら、と提示された「小型ニッカ・ボッカ」という言い方は、「成り成りて……」並みの回りくどさではありませんか。

そしてこの頃から、「略語は卑しい」という感覚はあったようです。モボ、モガ、エログロ……といった略語で表現された新風俗が昭和初期まで世を風靡《ふうび》していたわけですが、そんな略語の新しさに眉をひそめた大人達は多かったことでしょう。ましてや「おズロ」だなんて、卑しさと恥ずかしさが一体化！

性的な言葉の恥ずかしさを隠すために「お」を付けることは、今でもあります。パン

ツのことを「おパンツ」とふざけて言ったりする人もいますが、やはり私は、「おパンツ」には可笑《おか》しみよりも羞恥《しゅうち》を覚えてしまう。

　そして何よりも、「お」をつけた時に大変なことになりがちなのは、性器の名称です。「おちんちん」というのはまだ、可愛らしい。それは、まだ幼い子供の性器を思わせて微笑ましいものです。

　しかし痴女ものや熟女もののAVなどで、AV女優が連呼する「おちんぽ」という言葉の場合は、「お」をつけることによって猥雑《わいざつ》さや下品さが倍増。同様に、「まんこ」であれば単なる物という感じがしてむしろ愛嬌《あいきょう》すら感じさせるのに、「お」を付けた途端に、言葉が発する恥ずかしさは倍増どころではない事態に。羞恥プレイにおいて、男優が女優に、

「言ってみろ！」

と強制するのが「お」つきの性器名であるのもむべなるかな、と思います。

　性的な言葉は、このように丁寧に言おうとすると、むしろエロさやグロさが増すものなのでした。その昔に活躍した黒木香《くろきかおる》さんというAV女優は、「わたくし」「〜でございます」といった丁寧な口調が特徴的な方でしたが、エロさを追求すべきAVにおいて、その手法は効果的だったと言えましょう。

## 恋が醒める言葉

略語もまた、性的言語においては、恥ずかしさの増幅効果を持つのではないかと思います。たとえば私は、「ブラジャー」は平気ですが、「ブラ」という言い方は恥ずかしい。

このようにシモ関係の事象を示す言葉は、言う側のセンス・オブ・シェイムを如実に表します。性の現場において、相手がどのような言語を使用するかで、恋が醒《さ》めたり深まったりもしましょう。たとえば初めての相手とセックスをするという時、清純そうに見えた女性の側が、

「おちんぽ」

とぽろっと漏らしたら、どうする。エロいはエロいかもしれませんが、「結婚に向けて交際も考えていたが……、それはどうなのか」と引く男性もいるのではないか。

また私の知人の巨乳女性は、ある男性と初めてセックスをしている時、胸のことを「デカパイ」と表現されて、一気に萎《な》えたと言います。

「私の胸が大きいということを表現したい気持ちはわかるけどさ、そういう時は言葉じゃなくて行為で表せばいいでしょうよ。それもよりによって『デカパイ』って、いつの言葉なんだ、っての。自分がおっさんとセックスをしているという現実が一気に襲って

きて、げんなりした」

ということで、その人との二度目のセックスはなかったのだそうです。

セックスの相性というものがありますが、その場合は単に肉体の相性のみならず、言語感覚の相性、羞恥感覚の相性というものも重要。思わず漏らした言葉によって、その人の生まれ育った時代背景やＡＶ好きの程度が発覚してしまうこともあるのでした。

シモ絡みの話ばかりになって恐縮ですが、我々日本人は、排泄関連の言語においても、今まで苦労を重ねてきたものです。トイレ業界において使用されがちなのは、「大」と「小」の区別。固体と液体を「大」「小」で表現できるものだろうか、とは思いますが、日本人は「そういうものだ」と思って生きております。

特に表現に苦労するのは、「大」の方です。様々な表現が存在しますが、私は堂々と「うんこ」と言うことができる人に対して、畏敬というか畏怖というか、とにかくその手の感情を抱く者なのでした。

男性であれば、「うんこ」発言は当たり前でしょう。男児が、「大」を漏らした友人に、

「やーい、うんこ漏らし！」

などと言うのは定番の行為。

私が畏怖するのは、女性で「うんこ」と言うことができる人なのです。とても地味でおとなしく、下ネタなど決して口にしない女性が、なぜか「大」のことだけはするっと

「うんこ」と言っているのを聞いて、いても立ってもいられないような気持ちになったことがあります。そう、あれは恥ずかしさと畏れとが混ざったような気持ち。彼女の背景に、地母神《ちぼしん》のような存在を見た気がして、自分が恥ずかしくなったのです。

他にも「うんこ」と言える女性を知っているのですが、彼女達は一様に、地に足が着いた雰囲気を漂わせています。その中の一人にある時、

「『うんこ』って言えるって、すごいですね……」

と、漏らしたことがあるのです。すると彼女は、

「私も昔は、『うんち』としか言えなかった。そんな自分がダサいなって思って、ある時から割り切って『うんこ』って言うようにしたの。そうしたらすごく清々しいっていうか、大人になったような気分。『うんこ』でも何でも、言葉っていうのは自信を持って言えば何も恥ずかしいことはないの」

と言っていましたっけ。

その話を聞いて私は、自分の矮小《わいしょう》さを知ったような気がしました。それまでの人生で、「女の子の日」とか「ブラ」といった言葉にいちいち恥ずかしがって「そのまま言えばいいのに」などと思っていたわけですが、自分は「うんこ」一つまともに言うことができないではないか、と。

## 縛られる言葉

そうして私は、自分の言語感覚がジェンダーというものに縛られていることに気づいたのです。「うんこ」は男言葉で、「うんち」は女子供の言葉、という感覚が色濃く染み付いているからこそ、私は「うんこ」と言うことができない。「うんこ」と言うことができる女性は、言葉のジェンダーフリーを達成しているのではあるまいか、と。

そういえば私は、意外に女言葉を使用するのです。「……のよ」「……だわ」といった、今時の女子高生だったら絶対に使用しないであろう語尾を、よく口にする。もしかすると、自分の世代の中でも少数派かもしれません。

それは黒木香のように、丁寧な言葉を使用した方がエロいから、という狙いがあるわけではありません。中年女が若者のように「……だよね」などと言うのが、どうにもすさまじく聞こえるから、なのです。

そんな世代なので、女子高生達が、

「このジュース、うまくね？」

「ちげーよこれジュースじゃねぇよコーラだよ」

といった会話を交わしているのを電車内などで聞くと「まぁ下品」などと思うわけで

すが、しかし彼女達からすれば、それは女言葉に縛られない言語感覚でしかない。

そういえば私が子供の頃から一緒に住んでいた祖母は明治生まれで、パンツのことを「ズロース」と言っていましたっけ。それを聞いた私は、内心「ズロースって！」などと思っていたのです。が、今の私の「……のよ」「……だわ」といった言葉を聞いて、女子高生達は「なんだよそれ、古語かよ」と思うことでしょう。自分の親がそのような言葉遣いをしていたら、かえって恥ずかしいのではないか。

このように、自分が良いと思って発していても、他人にとっては恥ずかしくてたまらなかったりするのが、言葉というものです。人の言語感覚は、世代や時代、世情や地域で全く異なるもの。だからこそ、他人の言葉にカーッと恥ずかしくなっても、その火照《ほて》りがおさまるまで、黙っていた方がいい。

私はおそらく、一生「うんこ」と言うことができないのだと思います。その事実は、私の中のある種の甘えを示している気がしてなりません。いい年をして「うんち」のままでいいのか。むしろ「大便」とか言うことができる方が、格好良くはないか。……と思いは千々《ちぢ》に乱れますが、さんざ「おちんぽ」とか「まんこ」とか書き散らしながらも、「一生『うんこ』と言えない」という事実こそが、私という人間を如実に物語っているのだと思います。

# より良く見せたい

「夫にすっぴん顔を見せたことがない」という知り合いがいます。夜は夫が寝てから化粧を落とし、朝は夫より早く起きて、化粧を済ませてから、

「おはよう」

と夫を起こす。だから夫は、妻が化粧をしている姿も見たことがないのだそう。

その話を聞いた時、私の中には、得体の知れない恐怖心が湧いてきました。さだまさし「関白宣言」ばりのその行為は、少し前の人からしたら「妻として立派な心がけだ」と評価されたのだと思うのです。が、「たとえ夫婦であっても、否、夫婦であるからこそ、真の姿は決して見せない」というそのド根性のようなものが、私には怖かった。

ついでに言うなら彼女は、自分が一度離婚した経験を持つことをも、夫には隠してい

ます。本当はバツ一であり夫とは再婚であるという事実を、墓の中まで持っていこうというその覚悟は、「すっぴん顔を決して見せない」という行為と通底しているのであり、彼女の精神の強靱《きょうじん》さを思わせる。

とはいえ寝る時はすっぴんだろうし、夫婦間でまぐわい行為に至る時はどうしていたのだろう。決して灯りをつけさせず、平安時代のように暗闇の中で事に至っていたのか。男性はそういう方が興奮するのかもなぁ。

……などとつい下劣なことを考えてしまう私は、化粧をしないタイプです。極端に怠惰な性質であるため、日々化粧をするなどということがまず、無理。かつ、化粧があまり功を奏さないタイプの顔立ちであるため、人生の早めの時期に、化粧に対する興味を失いました。

そしてもう一つ、私が化粧に対して積極的でない理由があって、それは「美しくなりたい」という欲求を人様に知られるのが恥ずかしいから、というものなのです。きれいだと思われたい、人から褒められたいという邪心が満々ではあるけれど、化粧に一生懸命になることによって、それがばれるのが嫌。

## 電車の恥はかきすて

こんな私でも、最低限の化粧道具は持っています。全くのノーメイクで人前に出られるほどの自信もまた無いわけで、口紅などのいわゆるポイントメイクはしますし、シミにコンシーラーを塗るといった隠蔽《いんぺい》メイクも、加齢とともに欠かせなくなった。

中でも自分にとっての画竜点睛《がりようてんせい》的な行為は、マスカラです。印象の薄い我が瞳が、マスカラによって少しパッチリとして見える、と信じているのです。

しかしだからこそ私は、マスカラを塗るということが、ものすごく恥ずかしいのでした。ビューラー（知らない方に注・睫毛《まつげ》を上下から挟んで、上向きにさせるための器具）を使用した後にマスカラを塗るという行為は、誰にも見られたくありません。ビューラーを所持していることすら、隠したい気分。

数年前、「電車内で化粧する女」の是非が話題になりました。ベースメイクから電車内でするという遠距離通勤の人もいれば、ベースメイクは自宅で済ませてポイントメイクだけする、という中距離通勤の人も。中には揺れる車内でビューラーを使用する人もいて、私は密かに「電車が急ブレーキをかけて、ビューラー中の睫毛が全部抜けたりしないものだろうか」などと思ったものでした。

電車内でメイクする女性達は、周囲の人々に「この人は恥ずかしくないのだろうか」というざわつきをもたらします。人間の欲求は、他人の前でむき出しにしてしまうとあまりにも生々しいものであり、性欲などは、むき出しにしすぎると刑事罰を受けることもあります。持っているからといっていつでもどこでも発散してよいわけではないのが欲求なのであり、「美しくなりたい」という欲求にしてもまた同じ。

しかし電車内というのは、公共の場でありながら、つい人々が欲求をさらけ出しがちな場所なのでした。性欲が抑えきれず、痴漢におよぶ人がいたり、車内チューをするカップルがいたり。ロングシートタイプの車両では、コンビニのおにぎりにかぶりつく等、食欲の発散もまた悪目立ちしますし、睡眠欲を解放しすぎて連獅子《れんじし》のようになっている人も。

不特定多数の人が乗っている、けれど手持ち無沙汰な空間であるが故に、この手の「野放図な欲求の解放」は、電車内でしばしば問題になるのでした。車内化粧にしても、本来であれば洗面所で行う行為だからこそ、見ている方が恥ずかしい気持ちに。

対して化粧をする本人達は、全く恥ずかしくないようです。彼女達にとって電車内にいる人々は、人間ではなく無機物のような存在。自分にとってどうでもよい人から何を見られても恥ずかしくないという感覚は、「旅の恥はかき捨て」に近いのでした。

昨今、電車内化粧をする人は減ってきたように思います。その手の女性を見たもっと若い女性達が、「あれはみっともない」と思って自らを律するようになったのか。はたまた、電車内化粧は一時のブームだったのか。

そういえば電車内でチューをしたりイチャイチャしたりするカップルも、減ってきました。草食化のみならず、若い人達は欲求というものが全体的に薄くなってきたのかも。今は中高年の方が、電車内で欲求をむき出しという暴挙に出やすいのでしょう。

## 「より良く見せたい」という欲求

振り返ればその昔、自らの欲求をむき出しにする行為は、日本人にとって好ましくないとされていました。武士は喰わねど高楊枝《たかようじ》だったわけですし、女性の場合は、特に性欲などは「全く持っていません」という態《てい》で生きていたのです。

しかし時代とともに、次第に様々な欲求が解放されてきました。女性誌のセックス特集など見れば、「ひとりH」すなわち自慰行為に関するページも当たり前。性欲のみならず、物欲だろうと出世欲だろうと、

「持ってます！」

と宣言しても、何ら非難されないようになってきたのです。

たとえば、「食べることが無性に好き」という、食欲に対して素直な人のことは、昔

は「食い意地が張っている」「口が奢《おご》っている」などと非難されたわけですが、今は「グルマン」とか「フーディー」など、むしろおしゃれ感のある言葉で言われるように。性欲が旺盛な人も、昔は「色○チガイ」「させ子」などと言われたものですが、今は「モテる」で済まされたりする。

それがどのような欲求であれ、自分の欲求に身を任せる人を、「自制心が無い」「ガツガツしている」と見ていた昔。対して今、その手の人達は「自分に素直」などと、耳に心地良い言葉で評価されるようになったのです。

しかし私は、昭和の女。欲求を解放することにはやはり羞恥《しゅうち》を覚えるのであって、特にそれが強いのが「美しくなりたい」という欲求なのでした。「夫にすっぴんを見せたことがない」というご婦人とまではいかないまでも、昭和の人間としては化粧中の姿を晒《さら》すことには躊躇《ちゅうちょ》しますし、欲求の坩堝《るつぼ》であるデパートの化粧品売り場を歩くことも、恥ずかしい。

ですから電車内でビューラーを使用する人を初めて見た時は、電車内チューを見る時と同じくらい、恥ずかしかったものでした。私にとってビューラーは、その医療器具っぽい見た目のせいもあって、パンツとかブラジャーなどと同等もしくはそれ以上に恥ずかしいグッズ。それを顔面に押し当てて、まつ毛を屹立《きつりつ》させている時の顔は、絶対に他人に見せたくありません。

とはいえ私も、恥部を他人にさらけ出さなくてはならない時があって、それが旅先です。気のおけない友人と温泉等に行くのは楽しいものですが、その時に戸惑うのが、化粧問題なのでした。

特に、付き合いは長いけれど一緒に旅をするのは初めて、という相手が化粧を落としたら、眉毛が無くなっていたり、目がいつもの半分くらいの大きさになっていたり、ということがあるもの。普段とは全く違う素顔を見ると、その人の「美しくなりたい」という願望の分厚さを目の当たりにしたようで、目のやり場に困ります。

事前に、

「化粧を落とすと眉毛なくなっちゃうけど、びっくりしないでね」

などと言っておいてくれると、まだ心の準備もできるのです。が、何の断りもなく普段とは全く違った顔で登場されると、その人の全裸を見るよりもどぎまぎ。

相手側も、

「眉毛なくて恥ずかしーい」

などと言うのですが、中身は変わらないのに顔面だけが突如激変した友と相対するこちらもまた、恥ずかしいことをわかってほしい。

さらには翌朝、友人が素顔に化粧を施す様子を同室で見るというのもまた、恥ずかしいものです。熟練の左官のようにファンデーションを均一に塗り、魂を込めてアイラインをひき、眉間にシワをよせながら眉を描くというその様子には、鬼気迫るものがある。女性が化粧をする姿には、何かが憑依《ひょうい》しているような、ただならぬ雰囲気が漂うのです。

同様に私がビューラーを使用する時の様子も、他人様《ひとさま》に見せられるものではありませんん。こころもちアゴを上げ、薄目を開けて睫毛の角度を確認し、マスカラを塗ったらパチパチとまばたきをして「結構イケてる」などと満足するという、そんな姿を他人に見られて平気なほど、私も図太くはない。

そんなわけで旅先において、フランクな性格の友人が同室で化粧を始めると、私はたまらず別室へ逃避。コソコソとマスカラを塗り、友人がいつも通りの見慣れた顔に仕上がった頃に、戻ってくるのでした。

「自分をより良く見せたい」という願望は、誰もが持っていて当たり前のものです。「アナと雪の女王」がヒットした時、

「ありの～ままで～」

という歌も流行りましたが、しかし本当にありのままでいたら、世の中は無法地帯になってしまう。そして、

「ありのままの君が好き」

と男性に言われたとて、女性がわき毛やスネ毛をありのままにしていたら、彼は好きでいてはくれまい。

# ムダ毛処理時間のムダさ

女のムダ毛の取り扱い方というものに関しても、私はかねて疑問を持っておりました。世の女性達は、特殊な信念を持っていない限り、第二次性徴によってわき毛などが生えてきたならば、それを処理しています。私の時代は剃ったり抜いたり、といった手法がメインでしたが、若者達は永久脱毛が当たり前だとのこと。友人は、
「娘から、成人式の振袖はいらないから、全身の永久脱毛をさせてくれって頼まれた」
と言っていましたっけ。そして彼女は、娘の言う通りに、脱毛代を出してあげたのだそう。

それを聞いて私は、羨《うらや》ましい気持ちになったものです。今までの人生の中で、ムダ毛の処理にどれほどの時間を割いてきたことか。一本ずつムダ毛を抜いていると、妙に心が落ち着いてきて、楽しくないと言ったら嘘にはなるのですが、とはいえその時間は、何物も生み出さない。抜いても剃っても時間がたてばまた生えてくるということは、賽《さい》の河原《かわら》に石を積むような行為であり、ムダ毛を処理する時間こそまさに、ムダ時間ではなかったか。

かつて猿だった人間、というものを感じながらムダ毛を処理する姿はもちろん、他人

様に見せられるものではありません。以前、「夫にわき毛を抜いてもらう」という人に会ったことがありますが、そんな人間力は私には備わっていない。今は亡き両親の写真の前でムダ毛を処理する時すら、日本人としてはそこはかとない羞恥を覚えるのです。

こっそりとムダ毛を処理し、毛など最初から生えていません、という顔をして生きていく私。しかし心の中ではいつも、「それでいいのか」という思いが渦巻いています。嘘をつきながらも「私は嘘などついていない」と言い張る、「ありのままぶりっこ」の後ろめたさが、そこにはある。

男性にも、「それでいいのか」と問いたい気持ちがあります。「妻のわき毛を抜く」というような人を除き、たいていの男性は女性がツルツルの状態しか見ていません。しかし「本当は色々なところに毛が生えてる」ということを知っているにもかかわらず、彼等は「ツルツル」という偽の状態を甘受できるのでしょうか。

私は、たとえそこがどれほどツルツルであろうと、他人に脇の下を見せるのは恥ずかしい行為だと思っていて、ノースリーブを着ることはほとんどありません。たまに着ても、電車でつり革につかまるなどということはできない。

ですから制汗剤のコマーシャルで美人タレントが恥ずかしげもなく脇を見せているのを見ると「こんな美人が恥部を全開に！」と赤面するのですが、そんな彼女も本当は、わき毛が生えています。もちろん芸能人ですから永久脱毛をしているでしょうが、本当は生えていたはず。

　この「本当は毛が生えている・いた」という事実を、人は忘れることができるのでしょうか。「私の祖先は猿じゃないんです」みたいな顔でツルッと生きている女性はなぜ、堂々としていられるのか。

　それは人間の、「今、見えているものだけを信じる」という性質のせいなのでしょう。放っておいたらモンゴルの草原のようにムダ毛が生えるとしても、今この瞬間に毛が無ければ、男性は、

「きれいな脚だね」

と、言ってくれる。彼の脳は、ムダ毛処理を怠った時の彼女の脚を想像しないという思いやり機能を備えているのです。

　それは、ムダ毛だけの問題ではないのでしょう。化粧にしろ、整形にしろ、カツラにしろ、我々は自分をより良く見せるために、様々な手段を使用しています。中には、

「あの人は、整形」

「あの人は、カツラ」

と、周囲の人に知られている場合もある。

　しかしその顔面が、そしてその頭部が、整形やカツラという嘘によってつくられたものであったとしても、我々はその時に見えているものだけを信じることができるのです。

整形だとわかっていても、きれいな人に対しては「きれいだなぁ」と思うし、カツラだとわかっていても、髪があるように見える人に対しては「薄い」とは思わない。

だからこそ、化粧に対して恥ずかしさを感じる必要は無いのではないかと、最近は思えてきました。特に欲求解放時代の昨今は、自分が嫌だと思う部位を放置するよりも、「より良くしたい」という努力が評価される傾向にあります。「ありのままで」ブームは、去ったのです。

体型が気に入らない場合はランニングをしたりライザップに通ったりするし、顔面が気に入らない場合は、化粧やプチ整形を。「ありのまま」でも好かれるのは特別な人だけなのであり、そうでない人が努力をしないのは「怠慢」とみなされます。

揺り戻し現象も、あるのでしょう。バブルの時代、日本人は化粧もファッションもコテコテでした。自然界には存在しないような特殊な色を目の上や唇に塗り、ファッションもまた、肩パッドが入ったり極端に細かったりと、人間の自然な体型を無視したものだった。

バブル崩壊後は、「今まで、無理してたのね」と、一気にナチュラルブームに。ナチュラルというのは何せラクですので、そのムーブメントは今もなお、続いていると言えましょう。

しかし三十年もナチュラルをしていると、いい加減、飽きもくる。ここにきてバブル期のファッションがリバイバルしているのは、そんなタイミングだったからではないでしょうか。

そのせいなのか、私は最近、ちゃんと化粧をしている人にグッとくるのでした。ナチュラルメイクを見飽きた目には、しっかりとアイラインで目を縁どり、丁寧にアイシャドウなどや口紅を塗った顔が、色っぽく映る。

ナチュラルブームの時代には、ナチュラルに見えて実はものすごく手間をかけたフルメイク、といった姑息な手段に出る人も、少なくなかったものです。手先が器用な我々日本人は、ナチュラルブームといえど、手をかけずにはいられなかったのです。

そのようなチマチマした嘘と比べると、フルメイクという大嘘には、スケール感と、「上手に騙してやろう」という覚悟があります。ナチュラルブームの時代は、夜のお仕事をしている女性達のようなメイクがいかにも不自然で、そんな女性達に吸い寄せられる男性に対しても、「あんな厚化粧の人のどこが良いのかしら」と思っていましたが、今は厚化粧の人を見ると、「この自然に抵抗する感じがイイ！」という気持ちになるのです。

「きれいに見られたいだなんて気持ち、私は全く持っていないんです」という顔をしながら、陰でコソコソとナチュラルメイクをする女性よりも、

「私はきれいだと思われたいーっ！」

と、堂々と厚化粧をする女性の方が、潔く思える今。私は未だ、ありのままぶりっこをしてしまう小さい人間であるわけですが、いつか私が人前で堂々とビューラーを使用できるようになったら、一皮剝《む》けたのだと思っていただきたいものです。

作中歌詞「レット・イット・ゴー～ありのままで～」より（作詞 Kristen Anderson-Lopez、Robert Lopez、日本語訳詞・高橋知伽江、作曲 Kristen Anderson-Lopez、Robert Lopez）

# 若さという恥

おばさんは、恥じらいを知らぬ生き物だと言います。確かに私も、若い頃と比べると、「恥ずかしい」と思うことがぐっと減ってきたもの。

子供の頃は、八百屋さんで、

「これください」

と言うこともできないシャイガールでした。二十代になってもまだ、個人商店は苦手で、スーパーマーケットをチョイスしがちだったものです。おしゃれな服屋さん、高級なレストランなどでも物怖じしまくっていたけれど、今となってはどこでも堂々としていられるのです。

緊張することも、減ってきました。先生に当てられて教科書を読むだけでもあがって声がひっくり返っていた高校生時代を思い返すと、嘘のよう。

　年をとると、感情が摩耗《まもう》してくるものなのでしょう。若い頃は何にでも過敏に反応していた精神も、次第に反応が鈍くなってくる。今となっては人前で話す時も、「あれ、私ったら全然緊張していない」となるのは、慣れなのか成熟なのか、それとも鈍麻《どんま》なのか……。

　心というのはゴム紐のようなもので、若いうちはピンと張りつめているのが、次第にビロビロになってくるのかもしれません。若い頃はそのビンビンさ加減がつらかったりもしたので、年をとってビロビロになったのも悪くはない、と今は思う。

　そういえば昨今、「年をとる」という言葉を目に＆耳にする機会が、減ってきました。「年をとる」の代わりに、「年を重ねる」という言い方が、目立つようになってきたのです。

　たとえば私がインタビューを受ける時なども、

「酒井さんが年を重ねていらしてきた中で……」

　などと言われる。

「酒井さんが年をとってきた中で……」

　とは決して言われないところを見ると、「年を重ねる」というのは「年をとる」の丁寧な言い方。と言うより、「年をとる」というのはものすごく悪い事だから、そんな状態に陥ってしまった可哀想な人に対する思いやりを込めて、「年を重ねる」と表現しているものと思われる。

私はしかし、「年を重ねる」と言われると何やら恥ずかしくなってしまうのでした。「とる」はネガティブな言葉だから「重ねる」というちょっとおめでたい言葉にしたのでしょうが、「いや、別に何も重ねちゃいませんが……」と言いたくなる。

「年をとる」という言い方もまた、どこかから「年」を奪ってきた感じで、めでたくていいじゃないか、と思うわけですが、超高齢化社会の日本においては、「年をとる」という事象そのものがめでたくない。だからこそ、その事象を表す言葉もめでたくなくなってしまったわけで、同じように「年を重ねる」が避けた方がよい言い回しと化すのも、時間の問題なのだと思います。

高齢化社会の到来によって、年をとることの意味が変わってきました。昔のように、長生き＝めでたい、長生き＝したい、とはならなくなってきたのです。「年をとる」ということの真の意味合いも、「年を重ねる」という言い方によって隠蔽《いんぺい》される今、年寄り（年って、「寄る」ものでもあったのですね）の存在感はだいぶ変化してきたのではないか。

## 若者が「恥ずかしくない」存在に

年寄りのみならず、高齢化社会となってからは、若者の意識も変化してきたように思います。最も大きな変化とは何かといったら、昔の若者はもっと恥ずかしい存在であったのに、今の若者はちっとも「恥ずかしくない」というところ。

私の若者時代のことを、思い返してみましょう。中学生の頃、代々木公園脇の歩行者天国あたりで流行っていたのは、竹の子族です。「ブティック竹の子」（まだある）の服を着た男女が円陣を組んで、ラジカセのテープから流れる洋楽で踊る、というのが竹の子族。

その衣装は、派手な原色でオーバーサイズ、今思えば後の世のオウム真理教の人たちっぽい服。踊りは、パラパラの原型のようなあまり動きの激しくないもので、「誰でも踊れる」という部分においては、確実に盆踊りの流れを汲んでいました。

都会のスタイリッシュな女子中学生だと自分のことを思い込んでいた私は、原宿に赴くことはあったものの、竹の子族のことは「なんて恥ずかしい人達なのかしら」と思っていました。外国人がこんなのを見たら、日本って変な国、と思われるにちがいない、と。

「愛羅舞優《あいらぶゆう》」「乱奈亜珠《らんなあず》」といったグループ名を見てもわかる通り、竹の子族はほぼヤンキー成分でできている団体です。当時、「ヤンキー」という言葉はまだ東京では使われていませんでしたが、当時たくさんいた「ツッパリ」と、確実に根っこはつながっていたのです。

江戸時代風に言えば「傾《かぶ》き者」である、ヤンキー。江戸時代の傾き者は、刀をうんと長くしたり、ぞろっとした着物を着たりしていましたが、ヤンキーもまた、リーゼントのひさしや学ランの裾、車のマフラーといった末端を肥大化させていました。そのトゥーマッチな感じは「洗練」とは逆方向の、庶民的なバッドセンス。

あの頃は女のツッパリ（＝ズベ公）もまたスカートの裾を伸ばしてズルズル歩いていたわけですが、やはり私はそのような人々を見て、「ダッセー！」と心の中で叫んでいました。そんな自分が洗練されたファッションをしていたわけではありませんでしたが、とにかくヤンキーに対する親和性は無かった。竹の子族になりたいとか、ツッパリの男の子を「不良だから」という理由で好きになる気持ちも、わからなかったのです。

同世代の若者がその手の変なファッションをしていると「馬鹿だー」と思っていた私が、その後、年をとってわかってきたのは、「若者とは、そういうものだ」ということ。若さというエネルギーは、どんな手法であれ、とにかく発散させたり昇華させたりしないと、若者を暴発させてしまうほど強力。だからこそ、中学生は精魂尽き果てるまで部活をしたり、ヤンキーの道に走ったり、ガリ勉になったりするのです。

　その発散&昇華のさせ方が難しいからこそ、若者はしばしば、恥ずかしい存在となるのでした。若者はダサくて当然、恥ずかしくて当然。あなたもじゅうぶん恥ずかしかったよ、と当時の自分に言ってやりたい。そして今となっては、「ハクいズベ公になって、族の頭《ヘッド》のスケにでもなっておけばよかった」などと夢想するのです。

　ヤンキーでなくとも、当時の若者は、ただ生きているだけで恥ずかしい存在でした。たとえば私が高校生の時代、ヤンキーの道に走る気にならない女子達を対象にした「オリーブ」という雑誌が流行っていたのですが、その読者であるオリーブ少女達は、言うならばおしゃれフリーク。そのフリーク具合もまた、恥ずかしかったものです。

　それは、今で言うファッショニスタとはやや異なる存在感でした。当時の若者達は、とにかく流行りのおしゃれアイテムを取り入れるだけ取り入れるという、やりすぎ感あふれる足し算のファッション。今のように「シンプルなものをさらっと着こなす」という感じではなかったのです。

　八〇年代という時代が、全体的に何でもやりすぎな時代でもあったわけで、おしゃれが大好きな少女達もまた、その例に漏れませんでした。「センスが良い」のとはまた違うおしゃれは、今思えば痛かった。

　女子に限らず、おしゃれに夢中な男子に対しても、同様。「男のクセにおしゃれなんかにうつつ抜かしてるんじゃねぇよ」などと、ジェンダー的にいかがなものか、ということを心の中で思っていたっけ。

時代がバブルに突入すると、日本人のおしゃれは、さらにやりすぎ感を強めました。モード系の人たちは、黒ずくめにしたり、ほとんど建築のような形状の服を着たり。一方では、ボディコン的なファッションでギンギンに攻める人も。

バブル崩壊後は、そのショックでファッションは沈静化します。お金をかければよいといった足し算のファッションでなく、無理せずナチュラルな感じに。それまでは、シンプルなものは必ずと言っていいほど高価でしたが、デフレによるユニクロ化現象もあって、シンプルで安価なものも出回るようになりました。

そんな中にあっても、若者達は奇矯《ききよう》なファッションを披露してくれたものです。バブル後の不況下では、ギャルファッションが隆盛を極めました。女子高生のスカートは限界まで短くなり、ルーズソックスのたるみは象の足もかくや、というものに。そしてガングロ、ヤマンバといったファッションのインパクトは、竹の子族と同等もしくはそれ以上だった。

私は既に、彼女達を見ても「恥ずかしい」とは思わないだけの余裕を持つようになっていました。自分が年をとったせいで、「恥ずかしい」を通り越して「珍しい」と、彼女達を見るようになり、

「若さっつーのは基本、恥ずかしいものだから。どんどん恥をおかきなさい」

と、母のような眼差しに。

少しすると、原宿方面にはゴスロリの子達も増えてきましたが、その死人のようなメイクを見た時も、同様。

「大人になってもそんな格好をし続けている人はいない。今のうちだけなのだから、たんと楽しんでおきなせぇ」

と、もはや母ですらない、おばあさん気分になってきました。

若者達はいつの時代であっても、このように派手で奇妙なファッションで、自分達の若さをアピールしてきたのです。もっと前の時代にも、みゆき族だの太陽族だの、様々な「族」がいた模様。それを見たまっとうな大人達は、いちいち眉をひそめていたのでしょう。

「恥ずかしいファッションをする」という行為は、日本の若者にとって大人になるための通過儀礼でもあるのだと思います。迷走し、思い切り弾け、大人達の眉をひそめさせた後に、若者は一気に大人になる。

しかしここしばらく、そんな「恥ずかしい若者達」が、我が国には登場していません。歩行者天国で集団で踊る人も、変なファッションで徒党を組んで繁華街を練り歩く人も、いない。大人達をカチンとさせる格好を、若者がしなくなったのです。

一方で、仮装のお祭りであるハロウィンは年を追うごとに盛んになっていますし、コミケなどにおける、おたく界のコスプレ芸も相変わらず盛ん。ディズニーランドでは、大学生が高校時代の制服で行く「制服ディズニー」、はたまたお揃いの格好をする双子コーデ等が行われているということで、派手な格好をするのが嫌いというわけではないらしい。

若者達は今、ハロウィンやコミケ、ディズニーランドといった「変わった格好をしていいですよ」と許可された時間・空間でしか、その手の格好をしなくなったのです。江戸時代の農民が、祭りの日にだけ羽目を外したように、一種の祝祭の場においてのみ、とっぴな衣服を身につけ、その他の日はおとなしい服を黙々と着続ける。

## レジャーとしての仮装・扮装

今時の若者の派手な格好は、その背景に特別な意味がありません。昔のツッパリであれば「大人への反抗」、ギャルであれば「時代の閉塞感を打破」といった、思想とは言わないまでもちょっとした意味づけがあった上でのとっぴな格好であったわけですが、今の若者の場合は、純粋なレジャーとしての仮装、そしてＳＮＳで目立つための扮装。

昔のツッパリもそして竹の子族も、髪の長さやスカートの長さをきっちり決められるという管理教育に嫌気がさし、いきがって変な格好をしていたわけです。しかしそのいきがり方がよくわからなかったものだから、恥ずかしい格好になってしまった。

対して今の若者は、いきがらなくてもいいのです。若者や子供はどんどん減っているのであって、社会における貴重品。大人達は「大切な若者を傷つけてはならない」と、腫れ物に触るように慎重に扱ってくれるから、反抗する必要もない。駅ビルやロードサイドのファストファッションのお店で無難な服を買っていれば、何となく普通の格好はできるのであって、それ以上でも以下でもなく、生きていけばよい。

金八先生（知らない方に注・若者がたっぷりと恥ずかしかった昭和の末期に始まった、武田鉄矢が熱血中学教師を演じたドラマ）が今の若者を見たら、

「これぞ若者のあるべき姿！」

と言うかもしれません。中高生達は、安くて清潔感のある、学生らしい服を、自ら進んで着ている。ヤンキーは田舎の方にわずかながら存在するものの、もはや沖縄の成人式などは、伝統芸能と化した感じ。わかりやすいヤンキーは減り、ＥＸＩＬＥのように、精神はドヤンキーだが極端なファッションには走らない、という人が増えたのです。

ですから金八先生が今の若者を見たら、ほっとすると同時に、少し寂しいのではないかと思うのでした。ツッパリはたいてい、根は気持ちの優しい良い子。金八先生だって、校則をちゃんと守るような子より、ツッパリの気《け》がある生徒を可愛がっていました。ツ

ッパリの美少女・山田麗子役だった三原じゅん子などはその後国会議員にまでなったのであって、ツッパリが改心すると大マジになる、ということを金八先生は知っていたのかもしれません。

今は、そんな子達もいなくなってしまいました。皆、似たような格好をして、ワルは目につかない。しかし本当に善良かというとそうではなく、ネットを介して陰湿ないじめなどは繰り広げられる……。

せいぜいハロウィンの時に弾けるくらいで、何ら恥ずかしいことをしない今の若者達を見て、私は自分のことが恥ずかしくなってくるのでした。私達が恥ずかしい若者だった時代は、おばさん達もまた、恥ずかしい存在でした。感情というゴム紐がパツパツすぎる恥ずかしさと、ビロビロすぎる恥ずかしさという意味では違っていましたが、若者もおばさんも、恥ずかしい存在という意味では同じだった。

しかし今、若者はすっかりシュッとした存在になってしまったではありませんか。これでは「恥ずかしいのはお互い様」と思うことができません。

私達は今まで、「おばさんだと思われないように」と、気を張って生きてきました。日本人の平均寿命が延びたので、さっさとおばさんになってしまったら、何十年も延々と、おばさん&おばあさんとして時を過ごさなくてはならない。だからこそ頑張って、「恥ずかしいおばさん」にはならないようにしてきたつもりです。

が、齢《よわい》五十も過ぎれば、そろそろよかろう。体力も弱ってきたことだし、電車の中では、

「はい、ごめんなさいよ」

と狭い隙間に尻を突っ込み、レストランでは、

「ちょっとちょっと、これ冷めちゃってる！　新しいのに替えて！」

などと、言いたいことを言おう。……そう思っていたのに、これでは「世の中で恥ずかしい存在は、おばさんだけ」ということになってしまうではないの。

## 恥ずかしくない若者を待つ未来

「恥ずかしいファッション」を体験せずに大人になる今時の若者達は、果たしてこれから、どのような大人になるのでしょうか。

「竹の子族を小馬鹿にしていたあなたも、同類なのでは？」

という話もあるかもしれませんが、実は私、大学時代には「早すぎたガングロ・茶髪」として、キレイ系女子大生の中で異彩を放っていたという過去を持つ者。その反動で、世間よりも早く日焼けを引退し、中庸路線で今に至る、と。

「恥ずかしいファッション」をくぐり抜けていない若者達は、きっと恥ずかしいおばさ

んにもならないのでしょう。パッと見だけは恥ずかしくない人生を、ずっと送るのだと思うのです。

そんな彼等は、一生ハロウィンから引退しない気もするのでした。彼等がハロウィンという祭りに熱狂するのは、今までの人生で一度も、恥ずかしいファッションに夢中になったことがないせい。竹の子でもガングロでもボディコンでも、とにかく期間限定で恥ずかしいファッションに身を捧げた人は、時代が変わったら憑《つ》きものが落ちたように引退し、普通の人になる。対して通過儀礼を経ていない人は、ずっと「やり尽くしていない」という気持ちを抱き続けるからこそ、ハロウィンに食いつくのではないか。

今の時代、十代や二十代で楽しいこと、ヤンチャなことから引退してしまっては、あとの数十年、間がもちません。普段は地味に暮らして、期間限定で思いきり弾けるというお百姓さん路線を彼等は選んだのであって、おばさん・おじさんになってもハロウィンの扮装を楽しみにする人生を彼等は送るでしょう、とここに予言いたします。

# 感謝にテレない世代

学生時代に所属していた運動部の後輩達が、親だの仲間だのに対する「感謝ハイ」のあまりうっとりしていることがしばしばで、恥ずかしくなる……ということを、前にも書きました。とはいえそんなシーンに私も慣れてきたので、学生達が感謝に陶酔《とうすい》する姿には、もう驚かなくなっていたつもり。

しかし先日、部のとある集いに参加したところ、私を悶絶《もんぜつ》させるシーンに出会ったのです。それは、ほどなく卒業する四年生の男子が、「皆さん今までありがとう」的なスピーチを述べた時でした。彼は結びに、

「僕が最後に感謝したいのは、お母さんです！」

と、宣言。その後で彼がやおら母親を壇上に呼び寄せたかと思うと、彼女を熱く抱き

しめたではありませんか。

会場は、戸惑いに包まれました。そこには、大学の総長からOB・OGに保護者、現役学生までがいたわけですが、特に私を含め中高年のOB・OGは、言葉を失ったのです。「母と息子の抱擁」という生々しい姿を目の当たりにして、私などは混乱のあまり、

「どどど、どうしたらいいんですかねこういう場合？」

などと、よくわからないことをつぶやき続けた。

トロンとした目で壇上から降りるお母さんは、きっと私と同年代でしょう。世が世なら、私も壇上で息子にハグされて、イっちゃいそうになったのかもしれません。

後日、その話を興奮気味に友人に語ったところ、私は「えーっ、ありえない」という反応を期待していたのに、彼女は全く動じませんでした。それどころか、彼女の高校生の息子が所属するラグビー部では、

「三年生が引退する時は、一人ずつお母さんをお姫様抱っこして、記念撮影をするのよ。脚をきれいに伸ばして写るために、みんな事前に、抱っこされる練習をするの」

と、瞳を輝かせて語るではありませんか。

ハグ、そしてお姫様抱っこ。母と息子（それも精通済み）のスキンシップは、今やそんな段階まで進んでいるのです。ほどなくチューもしくはそれ以上の行為に進んでしまうのではないかと、要らぬ心配が募ってくるではありませんか。

## 「マザコン」は揶揄されない時代に

我々世代の男子にとって、「マザコン」は最も忌むべき称号でした。乳ばなれできていないことは、男にとって一人前でないということ。たとえ心の中ではお母さんのことが大好きでも、面と向かった時は、「うっせぇババア」と言わざるを得なかったのです。

一九九二年には、「ずっとあなたが好きだった」というドラマに、佐野史郎演じる「冬彦さん」という、希代《きだい》のマザコンキャラが登場しました。野際陽子演じる母親との密着ぶりが話題となったのであり、「冬彦さん」は長い間、マザコンの代名詞だったのです。

恋愛至上主義の時代であったバブルの頃は、「恋愛対象よりも母親を大切にする男は気持ち悪い」という感覚がありました。「全ての男はマザコン」であるものの、その時代の男性は、モテるためにマザコンを隠さなくてはならなかった。

しかし今、前述のような公衆の面前における母と息子の愛の交歓シーンを目撃すると、もはや「マザコン」は、悪い資質として捉えられていない模様です。母親を抱きしめた後は、母親のみならず息子の方も満面の笑みだったのであり、そこからは、「自分の母親を喜ばせるのは息子として当然のこと」という声が聞こえてきそうだった。

男の子がマザーとどれほど仲が良くても「マザコン」と揶揄《やゆ》されない傾向は、ここ十年くらい感じておりました。最初に感じた兆候は、テレビに出てくるタレントさんでも、また部の後輩達でも、とにかく若者が皆、自分の母親について話す時、「お母さん」と言うようになってきたことでしょうか。

我々の時代であれば、他人に対しては「母」と言う、という教育は徹底していたと思います。しかしいつ頃からか、若者界では他人と話す時でも、自分の母親のことを「お母さん」と言うように。しかし「うちのお母さんが」と言う人は多くても、「うちのママが」と言う人がいないところを見て、私の中では二つの仮説が生まれたのです。すなわち、

仮説1　若者達は、「お母さん」がよそゆきの言葉だと思っている。

仮説2　若者達は、子供の頃は「ママ」と呼んでいても、少し大きくなったら「お母さん」と呼ぶべきだと思っている。

というもの。

仮説1について、ご説明しましょう。「お母さん」と言う若者は、おそらく謙譲語を知らないものと思われます。彼等は、家では母親のことを「ママ」と呼んでいるのかも

しれませんが、他人の前で「ママ」と言うのは変だという意識は、かろうじて持っている。その時に、「お」や「さん」が付く丁寧っぽい言い方である「お母さん」を、よそゆきの言語だと思って、使用しているのではないか。

仮説2。私の時代くらいまでの男子は、子供の頃は母親を「ママ」と呼んでいても、思春期になると急に恥ずかしくなって、呼び方を変えていたものです。その代表的な呼称が「おふくろ」であったわけですが、反抗期の只中だと「ババア」とか「おばはん」、「オイ」に。関西の影響が強い人の場合は「おかん」になったりもしました。

しかし今、「おふくろ」はほとんど死語と化しています。思案の結果、「ママ」よりはきちんと聞こえる「お母さん」と呼ぶようになるのではないか。つまりそれは成長の証としての「お母さん」であり、本人としては「大人っぽく呼んでいる」と思っている可能性がある。

二つの仮説の正否ははっきりしませんが、とにかく彼等は「お母さん」を、外で口にしても恥ずかしくない言葉として捉えているわけです。だからこそ我が後輩も、

「僕が最後に感謝したいのは、お母さんです！」

と、言い放った。

この「お母さん」問題を苦々しく思っている中高年は少なくありませんが、この先彼等が「母」という言い方を用いるようになるとは考えにくいものです。そもそも日本語

の尊敬語とか謙譲語とかのシステムが複雑すぎてよくわからないわけで、もうこのあたりで「謙譲語、廃止！」という動きになるかもしれない。若者が自分の母親のことを「お母さん」と言ったという時点で、「間違ってはいるが、よそゆきの言葉を使おうとしている」という努力を、評価すべきなのでしょう。

「お母さん」問題以外での変化は、親子の距離が、特に二〇〇〇年代以降、急速に接近しているということです。今や大学の運動部の行事や試合に、親が大挙してやってくる時代、ということは以前も書きました。親が試合会場で絶叫しても号泣しても、今の子供達は、

「恥ずかしいからあっち行ってろ」

とは言わない。

この現象を見て、私は最初、「若者達は、子供の頃からサッカーとかしているから、親御さんが試合に同行することに慣れているのかしらん」などと思っていたのです。が、原因はもっと根源的なものなのではないか。

大学生の子供の試合を見に行く親達は、少子化が急激に進んだ時代に青春時代を過ごした世代でもあり、「子供は貴重品」という意識を、強く持っています。少なく産んで大切にそして慎重に育てるため、今や反抗期が存在しなかったというケースも珍しくないわけで、「うっせーババア」とはなりにくいのでしょう。

友人知人達を見ても、ＳＮＳに息子のことを「王子」、娘のことを「姫」と記載する人をしばしば目にします。昭和の親達が、子供のことを「豚児《とんじ》」と言っていたことを考えると、家庭内での子供の地位は急上昇している模様。

もちろん昭和の親も、謙遜して「豚児」と言っていたわけで、本当に子供を豚扱いしていたわけではありません。昭和から平成にかけて、謙遜文化が急速に失われていったことを、豚児の消滅は示します。自分の息子を堂々と「王子」と呼ぶことができる母がいるからこそ、息子は母のことを「お母さん」と言うわけで、親子間で素直に愛情を表現し合うことができる世の中となったのです。

親達は、王子や姫ととても仲良しです。母と息子、父と娘という異性同士の親子間でも、小学校高学年や中学生になっても一緒にお風呂に入ったり。娘が高校生になって、さすがにお風呂は別々に入るようになっても、

「娘のブラジャーもパンツも、俺が洗濯しているよ」

という父親もいましたっけ。

男の子を持つ母親達の中には、

「私から離れられなくなるように育てたい」

とか、

「あなたを一番大切にしてくれる女は誰なのか、っていうことを、大人になるまでに叩

き込むつもり」

などと言う人もいました。それが冗談なのか本気なのかの区別がつかない子ナシの私としては、

「そうなんだー」

などと、曖昧な返答を。かつては冬彦さんのことを「気持ちわるーい」とか言っていた人たちだったのに、立場は人を変えるのね……と、思いつつ。

子育ての苦労を考えれば、「私から離れられなくなるように育てたい」と言う母親達の気持ちも、もっともなのです。昔の女性であれば、子育ての見返りが何ら無くとも黙って年老いていったのでしょうが、我々バブル世代は「労働には対価があって当然」と思っています。子育てという重労働をしたのだから、永遠に子供から「お母さんが一番」と愛されるべき、と思う気持ちもわかる。

そして私は、母親を人前でハグする男子大学生を見て、母親達の計画は達成されたことを知ったのです。人前でのハグとかお姫様抱っこは、息子から母への最高のギフトであり、アンサー。

じてみると、母と息子の抱擁を見て恥ずかしい気持ちになった私の方が、むしろ恥ずかしい存在なのかもしれません。ハグできる親子とは、J-POP風に言うなら「愛に臆病でない人達」。

対して私は、「母と息子」というだけで即座にAVの熟女ものに想像がワープ。……という感覚は論外としても、私の中には、母と息子に限らず、「愛情を堂々と外に出すことが恥ずかしい」というクラシックな感覚が存在することに気付かざるを得ません。

古来、日本の夫婦というものは、愛情以外のもので最初は結びつき、次第に愛や情を育んでいくというスタイルを取っていました。見合いだの紹介だの、周囲の意思で結婚が決められることが多かったのです。

結婚後に愛を育んだからといって、欧米のようにそれをのべつ確認し合わなくてはならないという感覚は、日本人にはありませんでした。主に妻の忍従によって、夫婦関係はキープされたのであり、「愛してる」と言い続けなくてもよかったのです。

子供に対する愛も同様で、「わざわざ口で言わなくてもまぁ、伝わるだろう」という感覚。

「あなたを愛しているわ、太郎」
「僕もだよ、ママ」
と言い合わなくても親子は成り立ちましたし、子供から親に対して正面切って感謝することもなかったのです。

日本における家族間の愛情は、誰かが死に瀕した時に、ハタと自覚されるものでした。不治の病を宣告された夫が、それまで妻に「ありがとう」の一言も言ったことがなかっ

たのに、

「苦労かけたな」

と言ってみたり。「その一言で、五十年の結婚生活の苦労が、全て吹き飛びました」といった高齢女性による新聞への投書が、今でもたまに載っているものです。

親子間でも、病の母を息子が負うてその軽さにふと涙ぐむ、くらいでよしとされました。母親の他界後に墓参りをすれば、息子にとっての親孝行は完了したのです。

しかし時代は、変わりました。女性達は「なんで黙って忍従なんかしなくちゃいけないのよ」と、夫や子供に対して「愛情の表現」を求めるようになったのです。

たとえば昔のお父さんは、うまいともまずいとも言わずに黙って食事を食べたものですが、今のお父さん達は、感想を述べることが作った人へのマナーであると心得ている。

「この煮物、美味しいね」

などと言うことによって、妻の料理に対するモチベーションをキープしなくてはなりません。

誕生日やクリスマスにプレゼントをあげたり、食事や旅行に連れていったりすることによって、妻には「愛されている実感」を得てもらう。それが「言葉もしくは態度に出さなければ、愛情は伝わらない」と知っている世代です。

セックスレスの問題が話題となって久しい時が経ちますが、それはセックスレス夫婦が急に増えたからではありません。昔は、ある程度結婚年数が経った夫婦がセックスをしなくなるのは当たり前のことだったのが、その後「死が二人を分かつまで愛情表現を続けてくれなくては、結婚生活などやっていられない」と思う妻が激増。そんな妻にとってセックスの消滅は大問題なのであり、世に訴え出た結果、大きな社会問題と化したのです。

夫達だけでなく、子供達もまた、母親に対する愛情表現を求められるようになりました。小学校では「二分の一成人式」というものが流行っているのであり、子供達が親御さん達に、「育ててくれてありがとう」などと言ったりしている。またヒップホップの人達も、既にだいぶ前から、親への感謝魂を鼓舞し続けています。何はなくとも周囲に感謝、という風潮の中で若者達は育っているのであって、親への感謝など、もはや朝飯前といったところでしょう。

## 母の思いが成就する時

夫や子供への愛は、一方通行で良いはずがなく、やりとりされるべきもの。……という意識を持つ母親達にとって、息子からのハグやお姫様抱っこは、やりとりの一部となります。「苦労かけたな」との夫の一言で五十年の苦労をチャラにする、などという精神構造はもはや持っていない彼女達ですから、夫からのプレゼントや、初月給で子供からご馳走してもらったディナーをSNSにあげたりすることによって、それまでギブに次ぐギブだった愛情をテイクすることができるようになるのです。そして息子からのハグやお姫様抱っこは、もはや夫とのスキンシップが「無理」となっている妻達にとっては、最高のテイクとなるのではないか。

その理屈はわかっていても、母と息子の交情シーンを見た私がなぜ恥ずかしくなるのかといえば、「古い人間だから」。我が両親は恋愛結婚だったものの、父親が母親よりも十歳年上だったので、二人の感覚はかなり違いました。父親は、昭和一桁の生まれの、元軍国少年。対して母親は、戦後教育を受けて育った自由人。私の中には、両者の感覚がまだらに存在しています。

もちろん、父親は母親に対する愛情表現などしません。兄もまた、思春期になれば、金八先生の時代の人らしく「うっせーババア」の道へと素直に進み、「育ててくれてありがとう」などという台詞《せりふ》とは無縁で育つ。子供の頃を除けば、母親とのハグなんぞ一度もしたことがないと思われ、その肉体に触れたこともなかったのではないか。

私ももちろん、「育ててくれてありがとう」という発想すらなく、大人になりました。父親が私のブラジャーやパンツを洗うなどということは想像だにしたことがないし、「洗ってあげる」ともしも言われたとて、断ったであろう。私の両親は既に他界してい

ますが、やはり昭和人らしく、

「孝行したい時に親はなし……」

などと思っているわけです。

そんな育ちであるからこそ、私は母と息子のスキンシップに、赤面します。親子が仲良くするのは、とても喜ばしい。しかし私の中に存在する昭和一桁の魂が、親子のハグに対して、「欧米か！」と小さく叫んでいるのです。

親を人前でハグできるのだから、今時の若者は、人前で恋人との濃厚なラブシーンを披露できるのかというと、そうでもなさそうです。若者の恋愛離れ現象は、各種調査からもうかがわれるところ。そういえば昔は、電車内でいちゃいちゃしたり、路チューする若いカップルをよく見たものですが、今や路チューなどするのは、意気盛んなおじさんやおばさんの不倫カップルくらいなのです。

親より恋人を大切にしていたバブル世代が若かった頃は、「恋人がいない」という状態を、恥としていました。クリスマスや誕生日を一緒に過ごす相手を必死で探す、といった現象が見られたものです。

しかし今の若者達は、恋人がいないからといって、どうということはなさそう。実家で家族とケーキを囲む方がよっぽど楽しい。お母さん、楽しいクリスマスをありがとう……と、平然としている。

子供が自分から離れられないように、とのお母さん達の戦略は、ここでも成功しているのでした。彼等がそのまま素直に育って、母親のシモの世話までやり切った時、お母さん達の思いはいよいよ成就されるのではないかと思います。

〈追記〉

その後、「anan」において坂口健太郎（一九九一年生まれ）が、「母親に会ったら絶対にハグするんです。肌の触れ合いはすごく大事だと思っています」と語っていた。女性誌において人気俳優が「母親との肌の触れ合いを大切にしたい」と躊躇なく語ることができるという事実に、改めて時代の変化を感じる。

# 「暴露」の機会均等化

　女三人で食事をする予定で、とあるイタリアンレストランで待っていたところ、私以外の二人からドタキャンされたことがあります。まずは友人Aから携帯に電話が入り、

「ごめん、急な仕事が入っちゃって！」

と、キャンセル。次いで友人Bも、

「ごめん、急な仕事が入っちゃって！」

と、キャンセル。レストランのテーブルで私は一人、

「どうしたものか……」

　と呆然としていた。

一人で粛々《しゅくしゅく》と食事をするという手もありましたが、それはあまりにもつらい。すると

幸いにして、お店の人が苦境を察し、

「キャンセルしていただいても大丈夫ですよ。また今度、皆さんでいらしてください!」

と言ってくださって、事なきを得たのです。

さほどの激務に就いているわけでもないAとBでしたが、「繁忙期《はんぼうき》っていうのもあるのね」と思いつつ、空腹を抱えて帰途についた私。しかしその後、二人が恋愛初期であるということを知って、合点がいきました。

「はーん、てことはあの時、二人とも『男をとった』のね」

と。「三人だから私がドタキャンしても大丈夫だろう」と二人が同時に思って、私が一人で残されたわけです。

Aは不倫でBが一般恋愛だったのは後からわかったことですが、とにかく恋に夢中な時期だった二人。それを知って私は、二人のドタキャンを「むべなるかな」と、認めたのです。恋愛初期の最も楽しい時、

「今夜、空いてる?」

と男から誘われて、女友達との約束を優先できるのは、よほどの胆力《たんりょく》の持ち主。恋愛初期に常軌《じょうき》を逸《いっ》した精神状態になるのは人間誰しも同じであって、私はドタキャンを怒らずに、友の幸せを祈りました。

が、このような恋愛初期の忘我状態ほど、後から思い起こして恥ずかしくなることは

ありません。AもBも、

「ごめんね……」

と後から恥ずかしそうに言ってきたわけですが、「ふざけんな」でなく「大丈夫よ」と言ったのは、自分にも身に覚えがあるから。

アカの他人だった二人が、突然チューだのセックスだのをしだすのが、恋愛です。ゼロが一とか二になるようなものであり、その初期には相当な機動力が必要になってくる。だからこそ神様は、二人に「ちょっとおかしくなる粉」をふりかけてくださるのでしょう。

初期のデートにおける、恋愛映画の主人公になったかのような立ち居振る舞いや、ウットリ表情。夜中に綴《つづ》った、熱いメールやらLINE。わけのわからないポエムみたいなワードの、SNSへの投稿。そして一度心に暗雲が忍び寄った時の、ストーカーと言わざるを得ない行動……。

これら全て、後になって冷静に思い返すと、「舌を嚙んで死にたい」となる記憶です。その恋愛が成就すればまだしも、パッとしない結果に終わった場合は、余計に恥ずかしさが増すわけで、「あの人、突然死しないかしら」と、相手の死を祈ってみたりして。

しかし、そんなキ◯ガイ行動こそ、恋愛の醍醐味《だいごみ》と言うこともできます。精神は昂《たかぶ》り、目はうるみ、行動はハイパーに。気持ちを抑えきれずに路上でのチュー、すなわち路チユーなどしてしまうのも、この時期です。恋愛初期の二人は周囲など見えなくなるわけで、だからこそ路チューしたり、女友達との約束をドタキャンしたりできるのです。

これがフランス人であったら、交際が始まって何年経っても路チューをするのかもしれませんが、恋愛心が冷めやすく、また恥の気持ちを強く持つ日本人は、交際後半年も経てば決して路チューなどしなくなりますし、ましてや夫婦においてをや。路チューは日本人にとって、ほんの一時期しか楽しむことができない、幻の果実のような行為なのです。

## 「ヒルズ族に教えたい」

ですから私は、週刊誌で芸能人の路チュー写真を見ると、「この人達は、今が一番楽しい時期なのだなぁ」と思うのでした。スキャンダルというものは、恋愛が最も盛り上がっている時期のカップルを狙ってなんぼ。路チューせずにいられない時期の二人は、まさに「撮り頃」です。

昔は、週刊誌に載っているその手の写真を見て、「いいなぁ」と思うことがありました。「もしも私が芸能人で、恋人との密会現場を撮られたら……」などと、ピントの甘い盗み撮り写真に自分が写っている様を夢想したりもした。昔のスキャンダルは、「有名人の素敵な恋愛」の一シーンを、庶民に提供してくれたのです。

しかしここしばらくのスキャンダルブームを見ていると、スキャンダルの背景にある意味合いが、昔と変化してきた気がします。すなわち、昔のスキャンダルが庶民に一種の夢を与えるためのものだったのに対して、今のスキャンダルは、取材対象に辱《はずかし》めを与えるためのものになってはいまいか。

たとえば、現在まで続くスキャンダルブームの端緒《たんしょ》となった、ベッキーさんのゲス不倫騒動(二〇一六)を思い出してみましょう。不倫関係なのに男性側の実家をお正月に訪ねるなど、まさに恋愛初期ならではの尋常ではない行為が暴露され、「ゲス不倫」という言葉が流行りました。

この騒動において印象深かったのは、二人の間で交わされたＬＩＮＥの流出です。決して表に出ないはずのラブラブの会話が世の中に披露されるとは、どれほど二人は恥ずかしかったことか。

特に私がベッキーさんに同情したのは、

「ヒルズ族に教えたい」

という一文を読んだ時でした。確か、「本当の幸せにはお金がかからない」といったフレーズが後に続いたかと思うのですが、この時の二人はおそらく、ヒルズ族と同等もしくはそれ以上に経済的に豊かだったと思われます。が、「不倫を正当化したい」という思いの強さのあまり、二人は「純愛を貫く清貧カップル」的な気分となっていた模様。だからこそ「ヒルズ族」が、金で幸福を買うような心の貧しい人達のように思われ、真の幸福を「教えたい」という気持ちになったのだと思う。

これが二人の間だけで交わされるやりとりであれば、何ら問題は無いのです。仮想敵であるヒルズ族より私達は心が豊かだよね、と思うことは、恋を盛り上げるためのスパイス。同時に、不倫であることを忘れるための目隠しにもなったに違いありません。

しかしそのやりとりは、二人が芸能人であったが故に、万人が読むことになってしまいました。恋愛初期の、特に深夜に相手に対して記した文章を他人に読まれるほどの恥《ち》辱《じょく》が、この世にありましょうか。まだ路チュー写真流出の方がマシというものでしょう。

ああベッキーさん、可哀想。……という同情が募るあまり、その頃は何か幸福を感じる度に思わず、

「ヒルズ族に教えたい！」

と口走っていた私。

「本当にあなたって意地悪だよねー」

と、友人に言われたものです。

してみると、今の芸能マスコミの人々というのは、「最も恥ずかしい瞬間」を切り取る術《すべ》に、なんと長《た》けていることでしょう。国会議員となった元SPEEDメンバーの今

井絵理子さんが、某市議と新幹線で手をつないで寝ているという写真にしても、然《しか》り。新幹線の車内というのは、プライベート空間的なくつろぎ感を演出してくれますが、実は完全なる公的空間です。しかし「私達は、共に議員という公僕の身の上。だけれど、そんな職業には関係なく恋におちてしまった」というハイな気分になっていたからこそ、そんな場所でも二人はつないだ手を離せなかった。カメラマンさんが二人の手つなぎ現場を見つけた時の「キター!」という心の声が、読者のところにも聞こえてきそうな写真であったことでした。

芸能メディアは今、取材対象に辱めを与え、断罪する場になっています。それは有名人に恨みを持つ人にとっては、格好のリベンジの場でもある。「このハゲー!」発言で一躍有名になった豊田真由子元議員にしても、元秘書が彼女の声を録音し、メディアへと持ち込んだのですから。

恋愛中であれ怒っている最中であれ、本能をむき出しにしている人を見るのが面白いのは、事実です。普段は分厚い自意識に守られている野性的な素顔がひょっこり見える様は好奇心を刺激する。むき出しの感情があまりにも生々しくて、眺めているこちらが恥ずかしくなるような気分にも。

スキャンダルとは、油分と塩分たっぷりのスナック菓子のようなものなのです。しょっぱくて脂っこくてスパイシーで、……と刺激的な味なので、食べずにはいられない。

けれど全く栄養にはならないし、ずっと食べ続けていると胸焼けしてしまう、というような。

だからこそ昨今の芸能マスコミは、取材対象を断罪したがるのでしょう。すなわち、
「こんな破廉恥《はれんち》な行為はけしからん」
「不倫だなんてどういうつもりだ」
という正義とともにスキャンダルを提供することによって、他人のプライバシーの暴露という行為、そしてプライバシーを大喜びで咀嚼《そしやく》するという行為のゲスさを、帳消しにしようとしている。

スキャンダル暴露という刑罰を見ていると、我が国における恋愛は、たとえ不倫でなくとも罪悪であることがわかります。有名人夫婦が、たとえ路チューをしようと路ハグをしようと、芸能マスコミは無視しますが、それが籍を入れていないカップルとなると、途端に色めき立つのですから。

独身有名人の路チューや車内チュー、飲食店でのデートなどは、芸能マスコミにとっては格好のネタです。どこで何をしようと、独身者同士なのだから世間様に文句を言われる筋合いは無いにもかかわらず、我々は、独身者の「熱愛」をも、裁きの視線とともに眺めている。

容姿や才能、経済力などに恵まれた有名人に対する嫉妬の視線も、混じっているのか

もしれません。が、「独身なのに恋愛などしおって。きっとセックスだってしているにちがいない」という儒教っぽい感覚も、そこにはある。独身者の不純異性交遊は本来的な行為ではないのだからして、暴露されて当然だろう、と。

しかし二人が結婚した途端に、そのチューやセックスは、見られて恥ずかしい行為ではなくなり、暴露もされなくなるのです。たとえＳＭだろうとスカトロだろうと、それが夫婦の閨房《けいぼう》においてなされるのであれば世間から認められるのであり、次に彼らが芸能マスコミに注目されるのは、離婚の時となる。

芸能マスコミは、かなりクラシックな家族観を持っているようです。独身者がチューをしたら「熱愛」だし、結婚したら最後、離婚報道が出るまで「おしどり夫婦」と言われ続ける。そこには「酔った勢いでのその場限りのチュー」も「家庭内別居夫婦」もなく、独身は熱愛、夫婦はおしどりという「型」が、伝統芸能のように守られている。

そんな保守的家族観を持つ業界においても、取材の手法は、進化しています。ＬＩＮＥが流出したり、取材対象の動画がネット上にアップされたりというのは、昔では考えられなかったこと。誰もが簡単に撮影や録音ができる機器の発達によって、有名人達はより恥ずかしい画像なり音声なりを、えぐられることとなりました。そして我々は、心のより深層にあるどろっとした好奇心を新しい機器によって刺激され、スキャンダルブームは隆盛を見ることとなったのです。

ネットや機器の発達は、「隠された事実を暴露して辱めを与える」という行為の機会の平等を、もたらしました。かつてスキャンダルと言えば、週刊誌やスポーツ新聞の記者、ワイドショーのリポーターといったプロが、自分だけが持つ人脈を駆使して有名人のプライバシーを取材し、メディアで発表するものでした。

梨元《なしもと》さん（お若い方に注・かつて大活躍した芸能リポーター。二〇一〇年没）などは、「恐縮です」

と言いながら取材対象に「突撃」するという、ほとんど旧日本軍のようなアナログ手法でスクープをものにしていたのです。

取材対象としても、「梨元さんが来ちゃったのならしょうがない」というところも、あったことでしょう。その頃の芸能マスコミ業界は、取材する側もされる側も、限られた人だけだったのです。

## いじめ・セクハラ告発ムーブメント

今、たとえばセクハラを告発する「#ＭｅＴｏｏ」騒動などを見ていると、誰もがネットを利用し、セクハラ加害者の悪行を白日のもとに晒《さら》すことができるようになっています。暴露する側もされる側も有名人である必要はなく、またたった一人でも、スキャンダルを成立させることが可能。

　女性達のセクハラ告発を目にして、

「その程度のことをセクハラとは、ちゃんちゃらおかしい！」

などと、妙に鼻息を荒くして自らのセクハラ体験を語り始めるそこのあなたは、たぶん生粋《きっすい》の昭和人かと思います。「セクハラ」という言葉は昭和末期から広まってきましたから、まだその言葉が無く、日本がセクハラ天国だった頃の、のびのびとしたセクハラ体験をアピールしようとしているのでしょう。

　しかし現在のセクハラ告発ブームは、「誰がよりハードなセクハラに遭ったか」ということを競い合うためのものではありませんし、「私はこんなに殿方から求められてきた」という自慢合戦でもありません。セクハラに対して「ＮＯ」と言っていいことを世に伝え、セクハラがなくなることを求めるために、告発は行われているのです。

　セクハラを告発された男性の気分は、週刊誌で不倫を暴露された人の気分と、変わらないことと思います。有名人の不倫を告発する週刊誌も、「＃ＭｅＴｏｏ」でセクハラを告発する女性も、目指すところは「世直し」ということになっている。しかしそこで告発された対象からしたら、「皆がしていることなのに、どうして自分だけ晒し者にならねばいけないのだ」と思うのではないか。

　もちろん芸能マスコミは、真剣に不倫撲滅を目指しているわけではありません。他人のプライバシーを晒す大義名分が立つから、「不倫、いかがなものか」という正義をもってくるのであって、むしろこの世から不倫が無くなったら、芸能マスコミはネタに困ってしまう。

対して「#ＭｅＴｏｏ」は、真剣にセクハラの撲滅を願ってのムーブメントです。刑事事件にはならないハラスメントであっても、女性にとってつらいことを無くしたいと思った時、ネットを利用して加害者に恥という罰を与える手法は、新しい。

「#ＭｅＴｏｏ」の広がりを見て、教師経験が長いある人は、不安そうに言いました。

「昔はしばしば生徒に体罰を与えたものだが、俺が殴った生徒が一斉に『#ＭｅＴｏｏ』をやりはじめたらどうしよう」

と。はたまた、かつていじめっ子だった大人達もまた、心に不安を抱えているはず。

昨今、アイドルなども盛んに、

「私、いじめに遭った経験があって……」

などと告白していますが、ネット上であれば、いじめっ子の実名を出して、かつてのいじめ経験を記すことができます。

セクハラやいじめの被害者は、いずれも弱者です。

「こいつなら、文句を言わないだろう」

「こいつなら、やり返さないだろう」

と思われているから、いじめられたりいじられたりするのですが、今は、電子機器が弱者の味方をしてくれるのでした。されたことを録音・録画しておけば、何年前の行為であっても、いつでも公開することができるのです。

電子機器こそ自分を守る盾、という認識は、広まっています。職場でトラブルに巻き込まれた友人は、

「いつでも録音ができるように、常にポケットにはレコーダーを入れている。今やこのレコーダーは、会社における一番の親友と言ってもいい」

と言っていましたっけ。

しかしネットで個人的スキャンダルを公開するという手法は、諸刃《もろは》の剣《つるぎ》でもあるのです。「#MeToo」騒ぎを見てもわかるように、告発した側もまた、ネット上で叩かれたりと、無傷では済まないのですから。

そうしてみると「相手に辱めを与える機会の平等」は、必ずしも平和をもたらすわけではないのでしょう。梨元さんが「恐縮です」と突撃していた時代は、スキャンダルは限られた人達だけが取り扱うものでしたが、今は素人さんの手にも渡りました。しかしそれは、素人さんが取り扱うには、あまりにも危険な劇物だったのではないか。

日常にスキャンダルが溢れ、もはやちょっとやそっとでは驚かなくなっている我々。これからネット上にはさらなる刺激的なプライバシーが溢れかえるのでしょうが、「も

っと刺激的な辱めを」と貪欲に欲しているのは、他ならぬ私達。いつか自分にも、恥辱のとばっちりが来る気がしてなりません。

# クールジャパン

東京オリンピックがじりじりと近づいてくることによって、恥ずかしい気持ちがじりじりと増してきている人は、少なくないことでしょう。照れ屋の私もその例に漏れないのですが、しかし何故、我々は恥ずかしいのか。そして東京オリンピックの何が、恥ずかしいのか。

二〇二〇年のオリンピックの開催地を決めるためのIOC総会におけるプレゼンテーションで、滝川クリステルさんが、

「お・も・て・な・し」

と語ったのは、二〇一三年のこと。あの「お・も・て・な・し」によって、我々の心には恥の聖火が点火され、その炎は今に至るまで、大きくなり続けています。オリンピ

ックのエンブレム騒動、ボランティアの制服、そしてマスコットキャラクター等、様々な燃料が投下される度に、炎は燃えさかるわけですが、この恥ずかしさの原因は必ずしも、デザイン的な要素においてばかり感じるものではない。

もちろん日本人たるもの、生まれてこのかたオリンピックの度に、デザイン面における恥ずかしさは感じ続けてきたのです。開会式に日本選手団が入場してきた時の、「なんでこのユニフォームにしたのだろう」というあの精神がちりちりする感じは、何度味わっても慣れるものではありません。

特に強く私の記憶に残っているのは、二〇〇〇年、シドニーオリンピックにおいて日本選手団が着用していた、虹色のマントです。あのマントを見た時には「国辱《こくじょく》」という二文字が脳裏に浮かんだのであり、シドニーまで行って選手達に、

「マント、よく我慢したね。あんなものを着せられてテレビに映って、つらかったね」

と、声をかけたくなった。

私が唯一記憶している自国開催のオリンピックは、一九九八年の長野オリンピックなのですが、その時は他国開催の時よりも、何倍もの恥ずかしさを覚えたものです。最もよく記憶しているのは、かつてフィギュアスケートの名選手だった伊藤みどりさんが、和装姿（能をイメージしたものらしい）で聖火台に点火したシーン。炎が間近にあったわけでもないのに、その瞬間に顔が熱くなったような気が……。

私は、伊藤みどりさんを心から尊敬する者です。ジャンプの素晴らしさは、日本の歴代女子選手の中で、否、世界の女子選手でもナンバーワンだと思っている。しかしアスリートとして最も輝く彼女を知っているからこそ、ニセ卑弥呼《ひみこ》的な衣装で聖火のトーチを掲げるみどりさんからにじみ出る「やらされてる」感が、恥ずかしかったのです。尊敬するみどりさんに対してそう思ってしまった自分に対する罪悪感は、今でも残っているのですが。

外聞を気にする我々、国際的な舞台では「世界が見ている」となると俄然張り切るのですが、なにせほんの百五十年前までは鎖国をしていた国の末裔《まつえい》達は、張り切る方向を間違えることがしばしばあります。特にオリンピックは世界から注目されるイベントであるが故に、虹色マントのように突拍子もないことが発生してしまうのです。

## ハートを切り裂く羞恥の刃

そして二〇二〇年、日本の首都である東京で、オリンピックが開催されることになりました。日本国が長野の時以上の張り切りを見せることは、間違いありません。どんなことが発生してしまうのか、今から怖い。

リオデジャネイロオリンピックの閉会式における東京への引き継ぎ式を、私は「恥ずかしくなる覚悟」を十分に整えた上で、見ていました。むしろ、恥ずかしいもの見たさ的なマゾっ気を掻き立てながらテレビの前に座っていたのに、しかしこれが意外に格好よかったではありませんか。

ショーは映像から始まったわけですが、長野の開会式のように、過度な和風アピールもなく、今の東京っぽさがよく出ているし、音楽もおしゃれ。「あれっ、おかしい？なんで恥ずかしくないの？」と、肩透かしをくったような気持ちになりました。

日本もそして東京も、さすがに成熟してきたのね。東京オリンピック、もしかすると期待できるのかも。……と、ようよう「恥ずかしくなる覚悟」を解き、肩の力を抜いたその瞬間。リオの会場に設置された土管から顔を出したのは、安倍首相でした。

その時、既に防弾チョッキを脱いで無防備になっていた私のハートを、羞恥《しゅうち》の刃《やいば》が切り裂いたことは、言うまでもありません。その後のショーは素敵だったのでまだよかったものの、最後の最後、

「しーゆー・いん・とーきょー！」

という安倍首相の声で、傷口から再び、鮮血が吹き出る……。

いや、まだ安倍さんでよかったのではないか。今まで、外交の現場のニュース映像など見る度に、自国首相の極端な短軀《たんく》等、外見面での不平等感を目の当たりにして、どれほど我々は落胆してきたか。その点、安倍さんは割と普通の容姿なのだから。

そう自分を慰めようとはしましたが、身長の大小以前の、何か国家首脳としての器の大小の問題が、その恥ずかしさの背景にはあったように思うのです。それとも、国旗であれ首相であれ、国を代表する存在を手放しで称賛することができないのは、敗戦以来の我々の思い癖……？

これまで他国でオリンピックが開催された時は、まだユニフォームだの日本選手のスタイルの悪さだのに「嗚呼《ああ》」と思っているだけでした。しかし自国開催となった時にあぶり出されるのは、我々日本人が抱く、国に対する自意識の問題。我々は、自国の姿がよく映るオリンピックという鏡を目の前に立てられて、蝦蟇《がま》のように、たらーりたらーりと油をたらすことになるのです。

その兆候は、既に始まっています。たとえば昨今、テレビ番組を見ていると、「外国人はこんなに日本のことが好きなのである」ということを伝えんとする番組が、やたらと多いものです。「『エコノミック・アニマル』なんて言われていたのは昔の話！　今や『クールジャパン』は世界中から憧れられているのだから、日本人よ自信を持とう！」という活動の一環かと思われるのですが、私はどうもあの手の我褒《われほ》め番組を、恥ずかしくて見ることができません。

国と国との関係は、恋愛関係に似ています。互いが相手を思う量は、決してイーブンではない。たとえば日本がアメリカを愛するほど、アメリカは日本のことを愛してはいないでしょう。カップルにおいては、惚れてしまった方が相手のいいなりになりがちであるように、国の関係でも、思う量が多い方が、相手に主導権を握られることになる。

外国との関係において、「思い」の量を数値化する時の一つの目安が、いわゆるインバウンドということになります。二〇〇三年から、日本では「ビジット・ジャパン・キャンペーン」というものを行っているのですが、この年は、海外に行く日本人は年間約一三〇〇万人であったのに対して、日本に来る外国人は、約五〇〇万人。日本は外国のことを「スキスキ♡」と強く思っているのに、外国からは今ひとつ興味を持たれないという圧倒的な非モテの国だったのであり、だからこそモテたい一心で、ビジット・ジャパン・キャンペーンが始まったのです。

## モテ慣れしていない国の哀しさ

「愛され」のための努力が功を奏して、日本へのインバウンドは着実に増えていきました。二〇一五年にはとうとう、日本に来る外国人の数が、外国へ行く日本人の数を抜き、日本は、やっと「モテる国」となったのです。そして二〇一七年には、年間三〇〇〇万人近くの外国人が日本に来るように。二〇〇三年のことを思うと、何とモテ量は六倍になったのであり、まさにモテ期到来。

しかし我々は、モテ期が来たからといって、昔からモテていたかのように堂々と振る舞うことができません。長く続いた非モテ時代の記憶はなかなか断ち切ることができず、急に外国人から「クール！」とか言われても、「そうやって我々をおちょくろうとしているに違いない」とか「ヤラセなのでは？」などと思ってしまう。

「こんなに日本は憧れられている」「みんな日本に来たがっている」「スシってイケてる！」といった番組の増加は、このような日本人に対して、自信を与えるために作られているのでしょう。

モテたくてたまらず、整形したり「愛されテク」のハウツー本を熟読したりして、やっとモテるようになった、今の日本。そんなモテ成金が、自分で自分に「モテて当然！」「私は素晴らしい！」と言い聞かせるという現在の図式が、私は恥ずかしいのです。特に我々は古来、謙遜を美徳として参りました。「つまらないものですが」と手土産を差し出し、妻は「愚妻」、子供は「豚児《とんじ》」と呼んできたのに、急に「私は素晴らしい」と思えと言われても、恥ずかしくて無理……。

人生の節目を機に、急にモテを意識して外見やキャラクターを変える人のことを、「大学デビュー」「社会人デビュー」などとかつて揶揄《やゆ》したものですが、それで言うならば日本は、オリンピックデビューとでも言うべき状態かもしれません。海外渡航自由化の頃から考えれば、日本の非モテの歴史、苦節五十年。我々はモテ期到来に浮かれるのではなく、「このモテはしょせん、バブル状態。いつまた非モテになるかもしれぬ」と、モテて兜《かぶと》の緒を締めなくてはならないのではないか。

日本は、ツンと澄ましていても殿方が寄ってくるような、圧倒的な美女ではありません。だからこそ日本がとったのは、「おもてなし戦略」でした。「スター・ウォーズ／最後のジェダイ」においても、世界におけるアジア人のイメージというのは、「ちんちくりんだが深情け」であることを改めて我々は思い知らされたわけですが、それと同じ戦略を、日本はモテ計画においても、またオリンピックにおいても、とろうとしています。

前回、一九六四年の東京オリンピックの時も、新幹線を開通させたり、高速道路を作ったりといった大きなことばかりではなく、日本人は外国人におもてなしをすべく、頑張ったようです。外国人とコミュニケーションをとろうと英語を習う人が増えたり、「道に痰《たん》を吐かないようにしましょう」「ランニングシャツだけで出歩かないように」といった、涙ぐましいマナー向上運動も行われたらしい。

当時の雑誌を読んでいて面白かったのは、「日本の女性が、オリンピックで来日した外国人に、『やられ』てしまうのではないか」と心配している記事でした。オリンピック時、日本女性の貞操の危機が懸念されていたのです。

今であれば、「外国人とでも、したいならすればいいのではないでしょうか」と思うところです。しかし当時はまだ、敗戦直後に進駐軍が大量にやって来て、パンパン達が米兵にしなだれかかっていた頃の記憶が、日本人に残っていた時代。

それは、日本男児にとっては悪夢のような記憶だったに違いありません。「俺のもの」と思っていた日本の女性が、戦争に負けたら急に、外国人に尻尾を振って近寄っていったのですから。

「強固だと思っていた日本の女の貞操観念は、外国人を前にするとナンボのものでもない」という記憶はその後、日本人の中に残り続けました。そしてオリンピックは、進駐軍以降初めての、日本に外国人が大量にやってくる機会となった。まるで二度目の元寇《げんこう》を恐れたかのように、日本男児は「日本女性の貞操の危機」を再び恐れたのです。

東京オリンピックの時、実際に日本女性が外国人とよろしくやったのかどうかは、定かではありません。しかし日本女性のお・も・て・な・し精神は、時にその手の場面でも発揮されがちではあります。もしかすると二〇二〇年のオリンピック時も、同じような心配が浮上するのかもしれません。

とはいえ今の東京に住む人々は、オリンピックが開催されるからといって、一九六四年当時の人々のように興奮していないのです。マナーや英語力を向上させようとは思っていませんし、

「オリンピック、面倒臭い……」

と、今からうんざり顔をする東京人も多数。一九六四年の時のように、「我々、もう

自国でオリンピックができるほど発展しておりますんで」といったアピールをする必要も無いわけで、私を含め、自国開催オリンピックというものをどう捉えていいのかわからない人は多い。

## ジャパンはクールなのか?

そもそも我々は今、自国をたくさんの外国人から見られたり、褒められたりしたいのか、という問題も、そこには浮上します。一九六四年時点では、

「日本を見てーっ！　こんなに発展しました！」

と、声の限りに叫ぶ必要があったことでしょう。敗戦国のイメージから脱却して先進国の仲間入りをするために日本は必死だったはずであり、

「日本を好きになってーっ！」

と、なりふり構わずに愛嬌をふりまく必要もあった。

しかし今、日本という国の思惑と、日本人の意思との間には、ズレがあります。日本という国は、「このままでいけば、日本の未来はジリ貧。何か起爆剤が必要だ」という感覚でオリンピックを開催するのだと思いますが、その国に住む我々は、「別に、もういいんじゃないの」と、ノリが悪い。

さらには日本という国は、今も外国からモテたくて必死ですが、日本人はそれほど外国を志向していません。もちろん、外国から嫌われるよりは好かれる方が良いのは確かだけれど、必死におもてなしを続けてモテを継続するなど、面倒で嫌。

若者達も、レジャーや海外へ行くよりも近所の散歩とか家で鍋といった内向き&まったり傾向を持つ今、外に向けてガンガン開いていこうとするのは、バブル世代以上くらいです。しかしバブル世代の私であっても、既に「どう見られるか」を意識することに、疲れてきているのです。

たとえば新宿駅の雑踏を歩く外国人を見ては、「こんな地獄みたいなところを歩かせて、本当に申し訳ない。私達は慣れているからいいけれど、キャリーバッグを持ってここを歩くのは至難の業ですよね……」と思う。はたまた歌舞伎座に外国人客を見れば、「女の生肝《いきぎも》をひきずりだして薬として使用するなんていう野蛮な芝居、楽しんでいただけているでしょうか？　でもこれ、昔の話ですから！　昔だって、本当にはこんなことしていなかったと思います！　あくまでお芝居なんです！　……あ、座席も日本人仕様で狭いですけど大丈夫ですかね？」と、心配が募る。いっそ外国人専用の、当たり障りの無い演目だけを上演するシアターを造ればいいのに、とも思う。

我々は、自国を外国人から見られ慣れていないからこそ、急に外国人がたくさんやって来るようになったことに、疲れてしまったのです。フランスやアメリカといった、昔からモテていた国であれば、自国にたくさんの外国人観光客がいることが当たり前なので、いちいち「どう思われているのだろう」「好きになってもらえただろうか」などと思わないでしょう。また、外国人観光客が多少難儀をしていても、「これで嫌われてしまったらどうしよう」などとあたふたしないに違いない。困っている外国人に手を差し伸べても、それは「おもてなしをしないと、我々はモテなくなってしまう」という焦燥感からでなく、人としての善意から行うことなのだと思う。

対して我々は、小馬鹿にされることには慣れているけれど、褒められることには慣れていない国の民。自虐はいくらでもできますが、「クールジャパン」とか言われて堂々としていられるほど、まだ面の皮は厚くなっていません。

IOC総会以降、ボンデージ姿の滝川クリステルから、

「地を這《は》ってでもおもてなしをしなくては、日本なんてモテないのよっ」

と言われ続けているかのような気がしてならないのですが、しかし既に多くの日本人は「もう、いいじゃん」と思っているのではないか。モテようとする努力は、疲れる。モテないならモテないで、非モテの道を粛々と歩んだっていいじゃないの。どうせ日本はこの先、人口も減り続ける斜陽国。無理することはない。

……と、こういう感覚を、俗に「負け犬根性」と言うのかもしれません。が、失われた二十年の間に、身も心もすっかり閉じていった日本人の多くは、「今さら外に向けて

開かなくったって」と思っているのではないか。

自国開催のオリンピックが、どうにも恥ずかしい。その感覚は、閉じようとしているものを無理矢理開かせようとする時に生じる、恥ずかしさなのかもしれません。本当は閉じたままでいたいのに、オリンピック招致を思い立った石原都知事（当時）と、ボンデージ姿の滝川クリステル（妄想）から、

「開け！」

と言われたから、嫌々開いて内奥《ないおう》をさらけ出す。……そんな恥ずかしい祭典の本番が二〇二〇年にやってくるわけですが、しかし無理矢理何かをさせられることが実は嫌いではない我々、いざその時がやってきたら案外、恥ずかしさの先にある絶頂が見えて、歓喜の涙をこぼしているのかもしれません。


〈追記〉

二〇二〇年の春に始まった新型コロナウイルスの流行によって、二〇二〇東京オリンピック・パラリンピックは延期され、二〇二一年に開催された。が、オリンピックの開会式の演出チームは、問題発言等によって、直前になって次々とメンバーが交代することに。なんとか開催された開会式をテレビで見て、今までとは異なる次元の恥辱を我々は感じることになった。

開会式で披露されたのは、「これ、高校総体？」と錯覚しそうな出し物の数々。日本にはもう、「歯を食いしばって頑張る」的な、最初の東京オリンピック時のようなクソ意地もなければ、リオデジャネイロオリンピック閉会式での引き継ぎ式でアピールされたセンスもないことを感じさせ、我々は「日本はもう、駄目なのだ」という斜陽感、というか日没感を痛いほど覚えることに。その不吉な気持ちが、「世界でどう思われていることか」という恥ずかしさを凌駕したのだ。

選手のユニフォームがダサくて恥ずかしい、などと身悶えていた時代はまだ幸せだったと思えた東京オリンピック。翌年に開催された北京での冬季オリンピックの開会式を見て、その感覚はますます強まることになる。

# 読んでいる本は

　ブックカバーをかけて本を読むのは日本人だけ、と聞いたことがあるようなないような気がします。「……するのは日本人だけ」という言い方を外国通の人はよくしますが、

「へーえ、そうなんだ」

　と言いつつも、

「本当だな？　ブルキナファソもホンジュラスも確かめた上での発言だろうね？」

　と、心の中で思っている私。ブックカバー云々《うんぬん》も、そんな猜疑心《さいぎしん》が生んだ幻聴だったのかもしれません。

　かつては、家の電話からテレビにまでカバーをかけていた日本人。本にカバーをかける習慣も「いかにも」であるわけですが、私はその存在意義を最近まで誤解していたよ

うです。

私は長らく、ブックカバーについて、「どんな本を読んでいるかを他人に知られるのが恥ずかしいから」かけるものだと思っていました。ドラッグストアでは、「そのままではお恥ずかしいでしょう」という配慮によって、生理用品や痔の薬、避妊具等、シモがかった商品は半透明のレジ袋でなく、紙袋に入れてくれるものですが、ブックカバーというのもそれと同じ役割を果たすものだと思っていたのです。

しかしブックカバー愛用者によると、

「本が汚れないようにかけている」

ということではありませんか。それを聞いて、目からウロコが落ちた気分に。

私は他人に見られて恥ずかしい本など読むことはないし、ましてやシモがかった本なんて読んだこともない、という人もいるかとは思います。が、読んでいることを他人に知られたくない本というのは、何もシモがかったものばかりではありません。どんな本を読んできたか、今は何を読みたいのか、といった本に関するプライバシーは精神の根幹と深くかかわっているため、自分にとって恥部。……という意識を強く持つ私は、ブックカバーとは精神的な恥部を覆うもの、すなわち心のパンツなのだと思っていました。

しかしそれはどうやら、本を大切にする気持ちから装着するものだった模様。確かに、恥部というのは往々にして、大切な場所でもあります。性器が恥ずかしいからパンツをはくのか、性器が大切だからパンツをはくのかも、判然としないところがあるもの。ブックカバーにしても、本が大切であり恥ずかしい存在であるからこそ、かけるものなのかもしれません。

私の場合、本を鞄の中に入れて持ち歩く時は、カバーも帯も取り外し、本を裸に剝《む》いています。いわば本をノーパン状態にするわけですが、裸に剝いてしまうと本は、意外と個性を主張しません。タイトルは背表紙にしか書かれていないので、他人から何を読んでいるかがわかりにくい。また折れたりすれたりしやすいのはカバー部分なので、外してしまえば気にならない。読み終えて書棚に入れる時に、再びカバーを装着する、と。

## 「やる気まんまん」で

問題なのは、本の中身です。電車で本を読むのは至福の時ではありますが、ページをめくった瞬間、ロングシートの隣の席の人からも読み取れそうな大きめの字で恥ずかしい見出しが立っていたりすると、すぐさま手で隠したくなるもの。

もちろん私が何を読んでいるかなど、他の人にとっては眼中にありません。電車の中では、九割がたの人がスマホを眺めているのであって、読書などというレトロな行為をしている人が何を読んでいるかなど、ハナからどうでもいいのだと思う。

しかし私自身は、他人の恥部を見てみたい、と積極的に思っているタイプです。電車内で誰かが何かを読んでいたら、「何を読んでいるのかしら」とつい、見てしまう。自分がそのようなゲスい行為をしているからこそ、自分が読んでいる本を誰かが見ているのでは、という気になるのでしょう。

昔は、「電車内で、他人が読んでいるものを盗み読む」という行為は、公然と行われていました。たとえばつり革を持ったおじさんが読んでいる、日刊ゲンダイ。おじさんは政治などの記事を読みつつも、裏側は「やる気まんまん」(知らない方に注・男と女がオットセイvs貝で示された、人気エロギャグ漫画。横山まさみち画、牛次郎原作)であり、それを座席に座っている人たちは必ず読んでいたものです。座席に座ればかならず、「やる気まんまん」は天から降り注いできたのであって、当時の「おじさんの新聞」は、電車の中でほとんど壁新聞の役割を果たしていました。

「やる気まんまん」ばかりではありません。新聞というメディアがここまで衰退していない時は、電車に新聞を持ち込む人はたくさんいました。私も他人の新聞をつらつらと読むことによって、

「あ、○○が死んだのね」

などと、ニュースを仕入れたものでしたっけ。家庭内で回読されるのが新聞でありましたが、電車内で〝盗読〟されるのもまた、新聞の使命だったのです。

電車で新聞を読む人が消え、スマホ時代となった今、盗み読みはしづらくなっています。他人から見られにくいようにスマホにシートを貼っている人もいますし、画面が小さすぎて見えない、ということもしばしば。また、スマホというのは所持者にとって必要な情報を選んで眺める機器ですから、盗み読んだとしても、他人にとってはどうでもよいものだったりする。万人もしくはそれに近い人々の興味を引くことができた「やる気まんまん」の偉大さを、つくづく感じます。

## 私信を盗み見る僥倖感

電車内で気軽に私信をやりとりする人々は、盗読好きである私のゲスな興味を刺激してやみません。言い訳をするならば、私も「隙あらば見てやろう」と思っているわけではないのですが、満員電車に乗った時など、わずかな隙間にスマホを取り出してＬＩＮＥをやりとりしている人がいると、そのスマホはほとんど目の前にあったりする。見ない方が不自然、ということになってきます。

若者達は、他愛のない会話をＬＩＮＥで交わしています。驚異的な速さで文字を打ち、どんどん会話が進んでいくのが心地よい。しかしそこまでして会話しなくてもよかろうに、という気も。

やたらと絵文字が多いのは、おじさんです。「そういう過多な絵文字がおっさん感を増量してしまうのだから、気をつけな〜」と肩を叩いてあげたい気持ちになるものの、もちろんそうはしない。

時には、「これは……不倫？」というやりとりが目に入ることも。そんなやりとりを目撃できると、「いいもの見た」と、ちょっとした僥倖《ぎようこう》感に包まれるもの。

話は最初に戻りますが、自分がそのようなゲスさをたっぷり持っているからこそ、「自分が読んでいるものも、他人から覗かれているのではないか」という気持ちになる私。だから「どんな本を読んでいるのか、他人に知られたくない」と思うのです。

このような仕事をしていると、たまに「仕事部屋を取材したい」といった依頼が来ることがあります。が、私は書棚にどのような本が並んでいるかを他人様に見られても大丈夫なほど、腹はすわっておりません。

格好いい作家が、自分の本棚の前で格好よく写真に写っているのを見ることもありますが、その時に私が凝視《ぎようし》するのはもちろん、背景となっている本はどのようなものか、ということです。格好いい作家が読む本は、さすがに格好いいのです。書棚には知的な本がずらり、ハズしの本もちょろり。そのバランスが絶妙であるわけですが、ハズしの本が「やる気まんまん」である、ということはない。いやいっそ、『やる気まんまん』全巻に加えて『実験人形ダミー・オスカー』（知らない方に注・雑誌「ＧＯＲＯ」に連載された〝ハードボイルドセクシーコミック〟。バブル期の青年達が口を揃えて「お世話になった」と言う）全巻が並ぶ前で微笑む格好いい作家がいたらファンになるのだけれど。

格好いい本棚の前に佇《たたず》む格好いい作家の写真を眺めつつ、私は考えます。この作家の家なり仕事場なりには、撮影の時に背景として使用するための「格好いい本棚」が用意されているのだろうか。それとも、ダサい本を排除した撮影用の「格好いい本棚」をわざわざつくったのだろうか、などと。おそらく正解はそのどちらでもなく、その作家の本棚はどこを切り取っても、格好いいのでしょう。

年末に「今年のベストスリーを教えてください」といった読書アンケートの依頼が来ることもあるのですが、私はこれについても恥ずかしさのあまり、いつも答えることができません。「本音で言えばもっとも面白かった本はこれだが、しかしこの本が一番というのでは読書力を疑われはしないか？　かといってあの本では知的すぎて、私が挙げるのは嘘くさい……」などと思っている間に締め切りはとっくに過ぎて年が明けている、と。

読書は、このようにものすごく私的な行為。「何を読んでいるか」は、むやみに他人に知られない方がいい個人情報という気がしてならず、いまだに、

「どんな本を読んでるの？」

「好きな作家は誰？」

といった問いに、モゴモゴと口ごもってしまう私。それは携帯番号やセックスの頻度を聞くのと同等もしくはそれ以上の、恥ずかしい質問なのです。

……などと思っているため、他の人も同じ感覚なのだろうと思っていたら、どうもそうではないようです。かつて、

「私、読書が好きなんです」

と言うアイドルはたいてい、好きな作家として東野圭吾さんの名をあげていたもの。又吉直樹さんの登場以降は、「読書好き」を標榜《ひょうぼう》する芸能人達は、どんどん通好みの作家名を挙げるようにもなりました。

堂々と読書傾向を開陳《かいちん》する彼らの様は、新鮮です。読書芸人がテレビですすめた本は売れ、「読書芸人おすすめコーナー」、という棚を書店で見たことも。

また、

「僕、本を読むのが好きなんですよね」

と言う若者がいたので、

「どんな本を読むの？」

と恥ずかしい質問をしてみたところ、爽やかな笑顔で、

「自己啓発本とかですね！」

と答えてくれたこともあります。その時、

「そうなんだー」

と笑顔で答えながらも、私が赤面するほどに恥ずかしくなってしまったのは、いったいなぜだったのでしょう。

その時私は、自分の中にある「自己啓発本」というジャンルに対する差別的感情に、気づきました。日常のちょっとした習慣や気の持ちようを変えるだけで、大金持ちになったり大成功したりモテたりする、と説くのが自己啓発本、という印象を持つ私。その手の本はよく売れているものの、周囲に「読んでます！」と堂々と言う人が絶無、という不思議なジャンルでもあった。

私は、手帳を替えたり掃除や挨拶をしたりするだけで大成功はしないでしょうよ、と思っています。人生はもう少し複雑であり、三十分で読み終える自己啓発本（これも偏見）を一冊読んだくらいでは、なかなか激変しない。本が人生を変えるのだとしたら、古典やら名作やらから得た知識や教訓を一滴ずつ溜めていったエキスがじわじわと効いてくるということではないの、という認識なのです。

しかし思い返せば、自己啓発本は読まないまでも、自分もかつて、「これをすれば人生激変」的な行為にすがったことがありました。効くと評判の神社のご神木に抱きついたこともあれば、痩せると評判のサプリメントに走ったこともあったっけ。物を捨てると人生も好調になると聞いて、とりつかれたように物を捨てまくったこともある。

私は、それらを「恥ずかしい行為」として認識していました。胸に秘めた上昇欲求を他人に知られたくない、と思っていたのです。

しかし世には、

「自己啓発本が好きです！」

と、堂々と言うことができる人達が存在する。笑顔でそして堂々と恥部を見せられたようだったからこそ、私は赤面してしまったのではないでしょうか。

とあるプロスポーツチームの選手プロフィールを読んでいた時も、「好きな本」のところに「自己啓発本」と書いている選手が散見されました。自己啓発本を差別している私は、これを見た時もびっくりしたのですが、しかし考えてみれば、彼等は「知的に見られたい」などと思って生きているわけではありません。点を取ってナンボ、勝ってナンボの世界で生きていく中で、自己を啓発したいと願うことは当たり前。そのシンプルな感覚に、清々しさを覚えたものです。

## 自己啓発本が好きな人達

振り返ってみれば、

「自己啓発本が好き」

「自己啓発本をよく読む」

と素直に言うことができる人というのは、多くの場合、いわゆる「いい人」なのでした。「自己啓発本を読んでます」と言うことが恥ずかしい、などという小賢《こざか》しさは持たず、

「読んでます！」

と、あるがままを言うことができるその素直さは、善人ならではのもの。本の教えの通り、彼等は明るく挨拶をしてくれたり、一生懸命に他人を褒めたりもしてくれる。彼等はきっと、電車の中でもカバーをせずに自己啓発本を読むに違いありません。

自己啓発本への愛を爽やかに口にすることができる人達を見ると、私はまたまた自分が恥ずかしくなります。どんな本を読んでいるのかを他人に知られたくないなどという気持ちがいかに卑小なものか、思い知らされるからなのでしょう。

ざっくり言うならば全ての本は、読者が何らかのプラスを得られるようにと、書かれたものなのだと思います。難しい学術書や深淵なテーマの文学作品でなくとも、ハウツー本や資格本は様々な知識を与えてくれるし、マンガやエロ本も、ひとときの忘我の気分をもたらして、読者をすっきりさせてくれるのですから。

本離れが進んでいる中、私は日本人の平均値より少しは本を読む方かもしれませんが、

ではそんな私が、読書によって多くのものを得て、より良い人間になっているかといったら、そうではありません。自己啓発本以外の本は読んだことがないという人の方が、よっぽど優しくて明るくてハキハキと挨拶をする人だったりするなぁ。文学書なんかよりも自己啓発本の方が、実は役に立つのか……？

そんな不安を抱えつつも、書店では自己啓発本コーナーの前をスルーする私。そこで立ち止まったら違う人生が開けるかもしれないけれど、やはり自己啓発本の棚の前に立ち止まるのが恥ずかしいのです。

この、特定のジャンルの本の棚の前にいるのが恥ずかしいという感覚も、既に過去のものなのかもしれません。今は、ネットでポチッとするだけで、どんなに恥ずかしい本でも翌日には届いてしまう。きちんと包装されているので、配達の人がニヤッとする、などということもない。

皆がポチッと本を買うことによって苦境に立たされているのは、書店です。かつては大手の書店によって町の小さな書店が駆逐されましたが、今はネットによって大型書店も大変なことに。

本は重いので、ネットで注文して届けてもらう方が楽、という話もあります。しかし本という商品が宿命的に抱く「恥ずかしさ」もまた、書店の苦境の原因としてあるのではないでしょうか。

子供の頃、わが町にも小さな書店がありました。父親には「文藝春秋」、母親には「きょうの料理」のテキスト、子供達には「小学一年生」などの学年誌を配達してもらうという、昭和時代の典型的な書店との付き合い方をしてきたのです。

しかし私が小学校高学年になって、にわかに下世話な本に興味を示すようになると、その書店に探しに行くことは、とうていできませんでした。横目で見ると、どうやらその書店にも、下世話コーナーはあるらしい。しかし小学生の女児が、顔見知りの書店の閉鎖的空間においてその手の本を手に取るなど、無理。

その点、大型書店に行けば、どんな本でも眺めることはできます。コバルト文庫の青春エロ小説など立ち読みしつつ、個人経営の書店にはない自由さを、感じたものです。

それがネットの時代になれば、自由度は飛躍的にアップ。大型の書店でも、恥ずかしい本をレジに持っていく時は居心地の悪さを感じたものですが、ネットの世界にはレジ打ち係のお姉さんは存在しません。エロ本に限らず、ネットは「恥ずかしい」という心理を、消費活動と上手に結びつけました。

というよりネットの世界では、もうエロ本などというものを買わなくてもよくなったのです。その手の動画も無料で見られたりするようになった今、エロ本やピンク映画は、高齢者向けのオールドメディアになりました。

子供の頃、我が家に配達をしてくれた書店は、やはりもうありません。が、そう遠くない場所に最近になってもう一軒、本屋さんができたのです。

そこはお店のデザインもおしゃれで、カフェを併設しているような今風の書店なのですが、私はそこに行くのもやっぱり、恥ずかしいのでした。確かに良い書店ではあるけれど、しょっちゅう行ってレジの人と顔見知りになり、こちらの読書傾向などを把握されたら……と思うと、つい足が遠のく。

子供の頃に町の商店がどんどん消えていった世代の私は、本に限らず個人経営の商店に対する苦手意識を持っています。商店の人と顔見知りになって、気軽におしゃべりしながら買い物をする、みたいなことが恥ずかしくてできない。大型店でパートの人にレジを打ってもらう方がラクなのです。

八百屋さんや肉屋さんですらそうなのだから、ましてや心の内情がオープンになってしまう本屋さんにおいて、相手が「顔見知り」という状態は避けたいところです。しかし本の業界に身を置く者としては、恥ずかしいからといってネットでばかり本を買うのもいかがなものか、とも思う。

そんな私にとって最も居心地が良いのは、地方の書店なのでした。ある程度の規模がある都市の、大型書店。知り合いとばったり会う、などということがほぼ無い場所において、存分に本を眺めるのは、至福のひと時。

今日も私は、旅先の書店で、恥ずかしい本を眺めています。宿に戻って一人、誰にもタイトルを知られずに本を広げる時の快感は言葉にできないほどのものであって、もちろんそんな姿は、誰にも見せられるものではないのでした。

# 善行を妨げるもの

その時私は、とあるアジアの国の国際空港にて、日本に帰る飛行機への搭乗を待っていました。日本の航空会社でしたので、ゲートには多くの日本人が集まっています。異国で数日を過ごした身にとって、それはちょっとホッとするような、ちょっと嫌なものを見るような、そんな感覚。

椅子に座っていると、私の視線の先には、日本人とおぼしき一人の紳士がいたのですが、彼がポケットに手を入れて何かを取り出した時、一枚の紙が下に落ちました。航空券にしては小さいその紙が落ちたことに、紳士は気づかない。

あ、あの人、何か落とした。

……と、私は確かにそれを目視していたのです。が、「すぐに気づくだろう」「誰かが教えるだろう」と思い、そのままにしてしまいました。

するとしばらくして、お掃除のおじさんが登場し、その紙を箒《ほうき》で掃《は》いたかと思うと、一瞬にしてちりとりの中へ。「あ」と思いましたが、「ということは単なるゴミだったのだ。航空券とか、何か大切なものだったら、おじさんも一度拾って、確かめるだろうし」と、私は自分を納得させてみます。

しかし数分後、紙を落とした紳士が、ゴソゴソと何かを探しだしました。ズボンのポケット、ジャケットの内ポケットから始まり、ビジネスバッグの中へと、捜索の範囲は広がる。さらにはキャリーバッグを開けてまで、必死に探しているではありませんか。

その姿を見て私は、紳士が落とした紙片が、彼にとってものすごく大切なものであったことを知ったのです。しかし私は、それが既にちりとりの中に入ってしまったことをも知っているし、お掃除のおじさんはどこかに行ってしまった後……。

私の胸は、罪悪感でいっぱいになりました。紳士は血相を変えて探しまくっているけれど、見つかるはずがありません。

「あなたが探しているものが何かは知りませんが、それがどこにあるのか、実は私は知っているのです」

と、彼に言ってあげた方が親切だったのかもしれませんが、そんな勇気も無い。そうこうしているうちに彼は足早にどこかへ去っていき、彼がその飛行機に乗ることができたかどうかは、定かではありません。

そんなわけであの日、あの空港で紙片を失くされた、そこのあなた。それが当せんした宝くじなのか、スパイに渡された機密文書なのか、はたまた愛人と交わした睦言《むつごと》のメモなのかは定かではありませんが、それはお掃除のおじさんのちりとりの中にあります。すぐに「落としましたよ」とお伝えせず、本当に申し訳ない。

……と今も反省する私であるわけですが、私が紳士に「落としましたよ」と言うことができなかったのは、「ちょっと恥ずかしかった」からなのです。その時、紳士と私の距離は、数十メートル。突っ切るとやけに目立つ空間でもありました。さらには、落としたのが鼻紙とかレシートとかどうでもいいものであった時の身の処《しょ》し方もなぁ、などと考えているうちに、お掃除のおじさんが掃きとってしまった。

私には、ランウェイのような数十メートルを歩いて「落としましたよ」と紳士に声をかける勇気が、ありませんでした。紙を落としたことによって、あの紳士はビジネスに失敗したかもしれないし、家庭が崩壊したかもしれない。……と飛行機の中で考えだすと罪悪感はさらに募り、「これからは必ず、声かけます」と誓ったのです。

## 善行という羞恥プレイ

落としたものを知らせてあげるのも「善行」の一種かと思いますが、この善行というもの、特に人が見ている時にするのは、何とも恥ずかしいものなのでした。電車の中で席を譲るタイミングをつい逸してしまうのも、恥ずかしさがそこにあるから。特に、少し離れた場所にお年寄りが立っている時など、「腹立たしげに断られたら」「善人ぶってると思われたら」などと思いが錯綜《さくそう》し、そうこうしているうちに他の人が譲っていたりする。

赤い羽根やあしなが募金にしても、汚《け》れを知らぬ子供や青少年達が街頭にずらりと並んで、

「ご協力お願いしまーす！」

などと絶叫しているところにつかつかと近寄って募金するのには、勇気が必要です。募金の後はまた、

「ありがとうございましたーッ！」

と絶叫されると思うと、群れから外れて一人、募金箱を持つ人を探したくなる。

募金であれ、お年寄りに電車の席を譲ることであれ、善行の決行時、最も悩むのは「事後、どうするか」ということでしょう。人前での善行という羞恥《しゅうち》プレイの後、自然に「その他大勢」に馴染んでいくのが難しい。

それは、ボウリングでの投球後と似ています。球を投げた後、特にストライクなど出

してしまった時は、仲間の待つ方へと帰る道中でどんな顔をしていいやら、あなたは悩みはしまいか。自慢気な顔はできないし「当然です」という顔もしづらいということで、それは電車でおばあさんに席を譲った後に、どんな顔で立っていればいいのか、という感覚と同じです。

どんな顔をしていいかわからないにしても、その時の気分が悪くはないことは、確かなのです。席を譲ったおばあさんに喜んでいただけると、「良い事した」とウキウキ。こころなしか景色も美しく見えるし、天国への道も確約されたかのような大きな気分に。完全に、善行ハイになっています。

善行は本来、人に見られていないところで密かに積むべきなのでしょう。宗教関係の本にも決まって、

「人前でこれみよがしに良い事をしようとするな」

といったことが書いてあるものですし。

「笠地蔵」のおじいさんにしても、お地蔵様に笠をかぶせてあげたのは、誰も見ていない場所においてでした。誰が見ていなくとも神仏は見ていますよ、というところがポイントなのであり、おじいさんの家にはその夜、お地蔵様たちによってどっさりと食べ物などが届くことになります。

とはいえ善行が必要とされるのは、人のいない場所だけとは限りません。席を譲ると

いった行為の時は、明らかに周囲に人目があるのですから。

## 親切に不慣れな日本人

さほど多くはない海外経験から考えてみるならば、日本人というのはなかなかに善行下手な国民ではないかという気がします。韓国や中国では、当たり前のようにお年寄りが大切にされていました。欧米でも、ベビーカーのお母さんや車椅子の人など、困っている人に、周囲の人が自然に手を貸していた。

前者は、「年長者を大切に」という儒教の精神がそうさせるのかもしれません。そして後者は、キリスト教的精神によって手助けをするのか。かつて欧米列強の人々は、「キリスト教、あなたも信じませんか！」と他国へグイグイ布教をしていましたが、気軽に他者の手助けをする感覚の源には、「他人のためになることは躊躇《ちゅうちょ》なくしてあげる」という同じ精神があるのかも。

そういえばかつて、アメリカでバスに乗り遅れそうになったことがあります。スーツケースを引いて「ちょっと待って！」と、必死の形相で走っていたところ、そのバスに乗っていたお兄さんが運転手さんに言ってバスを止めてくれたばかりか、バスからひらりと降りて、私のスーツケースをバスに乗っけてくれたではありませんか。それはまさに「地獄で仏」だったのであり、そのお兄さんのことが好きになりそうになりましたっけ。

そんな時、お兄さんのことが簡単に好きになりそうになってしまうのは、「その手の親切が、日本では滅多に見られない」から。アカの他人に何気なく親切にするという行為が我々は苦手であり、日本女性は「見知らぬ男性から親切にされる」ことに慣れていないのです。

とはいえここで、

「なぜ日本の男性は、ベビーカーが難儀していても、お年寄りが重い荷物を持っていても、手伝おうとしないのか。情けない！」

と、日本の益荒男《ますらお》達を糾弾するつもりは全くありません。「他人に優しくできない」のは、男も女も一緒。自分の知り合いに対しては親切にできても、そうでない人との間の壁を破ることは、日本人であれば男女共に苦手なのではないか。

我々は、心根が優しくないからその手のことが苦手なわけではないのだと思います。アメリカでは、セレブがチャリティーパーティーなどをして莫大なお金を集めると言いますが、その手の行為が盛んではないのも、日本人が他人のためにお金を使うことを嫌う守銭奴《しゆせんど》だからではありますまい。

我々がなぜ、自然に善行ができないのかといえば、ひとえに「恥ずかしい」からではないかと私は思います。人様のためになりたい気持ちは、ある。けれど、見知らぬ他人に一声かけたり、人前に出たりするのが恥ずかしくて、行動に踏み出すことができない。それはあの日空港で、紙片を落としたことを紳士に伝えなかった私の行動にも通じるのではないかと、言い訳がましく考えてみたりして。

「いい人ぶっている」と周囲から思われるのが嫌、という思いもありましょう。阪神・淡路大震災、そして東日本大震災といった大きな災害は、親切下手な日本人の心を少し変え、多くの人が「困っている人達のために何かをしたい」という意識を持ったわけですが、そんな時にも、たとえば炊き出しなどをする芸能人に対して、「偽善」といった言葉がネット上で投げかけられたりしたもの。

大災害が発生した時、日本中が一種の善行ハイ状態になることは、確かです。

「炊き出しをしましょうか」

「私は慰問の演奏を」

「花を植えに行きます」

と日本中からやってくるハイな人々を迎えて下さる被災地の人々もまた大変だったのではないか、とも思う。

震災時、毎週のようにボランティア活動に出かける知人がいましたが、

「少しは被災地のためにもなるし、地元の方には感謝されるし、やりがいがありすぎて

やめられない。誰か私を止めて」

と、アドレナリンを噴出させていたものでしたっけ。

他人が良いことをしているのを見ると、していない人の心には、さざなみが立ちます。善行に励んでいる人達は、ハイになっているので生き生きとしているし、「良いことをしている」という自信にも溢れている。その眩しいような存在感に対して、そうでない人は「あの人に比べて自分は」という劣等感が募り、それが憎しみのような感情に変わるのではないか。

## 杉良太郎の必要性

そういえば私は性格が今ひとつよろしくない、というか端的に言うなら「悪い」ことが悩みなのですが、そんな私の周囲にいるのは善人だらけなのです。それというのも根っからの良い人というのは、他人の悪い部分に気がつかない、もしくは気づいても気づいていない顔ができるため、私のような者とも平気で付き合ってくれるから。

それは大変に有難いことではあるのですが、私は根っからの善人と一緒にいると、いたたまれなくなることが、しばしばあるのでした。彼らの真っ白な善人ぶりに照射されると、自分の黒々とした部分があからさまになります。古語における「恥づかし」とは、相手が立派すぎて自分という存在が恥ずかしくなる、といった意味を持つわけですが、それに近い意味で、自分が恥ずかしくなってしまう。

ですから私も、ボランティアに熱心な芸能人のことをディスる人達の気持ちは、理解することができるのでした。彼等は、堂々と良いことをする杉良太郎（例）を見ることによって、「自分は何もしていない」という罪悪感が刺激され、気分が悪くなる。その不快感の責任を、当の杉良太郎にとってもらおうとしたのではないか。

しかし「ボランティアに熱心な芸能人」は、日本にとって必要な存在なのだと、私は思います。我々は、「シャイ」という国民性を宿命的に抱えているのであり、それはいくら時代が進んでも、大きく変わることはない。その中で芸能人という人々は、普通の市民よりは、人前に出たり、目立ったりすることが得意な人。そんな人が一歩先に立って善行に勤《いそ》しむことによって、普通の人々の中から「では私も」と思う人がでてくるのですから。

## 一人でも善行が積めるのか

見知らぬ人の手助けをさりげなくする、といったことは不得意な日本人ではありますが、いざ集団となった時は、善行パワーを遺憾《いかん》なく発揮することができます。震災等の災害時も、様々な集団がボランティアに駆けつけたもの。

はたまたサッカーの国際試合の後などは、「日本チームのサポーター達が、自主的にゴミを拾ってから帰った」といった話が、伝えられもします。チャラチャラした若者達が、何かの祭りの後にゴミ拾いをするのは、今や定番の行動。

ゴミ拾いは、日本人にとって最も身近で、手を出しやすい善行なのでしょう。それは他者とコミュニケーションを取らずとも進めることが可能なので、サッカーのサポーター達は、言葉の通じないアウェイの地においてでも、行うことができる。全ての悪事はゴミのポイ捨てから始まると目されている我が国において、「ゴミ拾い」は、善意を表明するための、最も基本的な行為です。

ヤンキー集団が地元の祭りの後でゴミ拾いをしている時、その表情には若干のテレ、および誇らしさが浮かんでいます。周囲の人々も、ゴミ拾いをしているヤンキー集団を見て、「何だ、本当は良い人達なんじゃない」という表情。ゴミ拾いは、一度道を逸れた人達にとって、改心を表明するための象徴的行為ともなるのです。

日本人にとって問題なのは、それを「一人でもできるのか」ということでしょう。一人で歩いている時に、道端の紙屑《かみくず》を拾うことができるか。一人で電車に乗っている時、車内をいつまでも転がり続ける空のペットボトルを拾い上げ、駅のゴミ箱に投入することができるか……。「一人」でいることは、我々にとって最も自由であり、同時に最も不自由な状態でもあるのでした。

この春（二〇一八年）から、小学校では「道徳」が教科として教えられるのだそうです。悪い事はせず良い事をするように子供達を指導するのだと思いますが、しかし「道」とか「徳」とか言われても、日本人にとって正しい道が何なのか、知っている大人などいるのか。

宗教心の薄い、日本人。道とか徳の根幹部分がどこにつながるのかはっきりしないのが、我々の善行下手の一因という気もします。であるならば道徳の時間には、枝葉末節《しようまつせつ》から子供に教え込む、というのはどうでしょう。

すなわち九九の暗記のように、「お年寄りには席を譲る」とか「ベビーカーのママは助ける」といったことを、叩き込む。決められたことに従うのは我々も得意ですから、「なぜ席を譲るべきなのか」などと考えず、反射的に身体が動くようにすれば、日本人の善行下手も、下の世代から改善されていくかもしれません。その後で、「道とは？徳とは？　そして善とは？」と考えても、遅くないのではあるまいか。

誰かが何かを落とした時、「落としましたよ」と言うこともできない者に、世界平和など願うのは無理。これから始まる道徳教育においては、あまり大きなことを考えず、「近くにいる人に親切にする」くらいの目標から、まずはスタートしてほしいものだと思っています。

# 性の意識

我が家のテレビが壊れ、二週間ほどテレビ無しの生活を送っていました。それほどテレビ好きではない私ではありますが、無くなってみると、やはり寂しい。食事の後にソファに座ってみても、

「で?」

という感じでしばし呆然、と。

だからといって読書に勤《いそ》しむとか、仕事をバリバリこなすかといったら、そうではないのです。パソコンの前に移動して、YouTubeをだらだら眺めたり、不要なネットショッピングをしたりするのみ。

そこでふと思ったのは、テレビやパソコンの存在は、我が国の少子化の一因ではない

か、ということ。停電があるとその十ヶ月後に子供がたくさん生まれる、という話がありますが、もしも家庭におけるテレビとパソコンの使用が禁止されたら、「じゃあセックスでも……」ということになって、子供が増えるのではあるまいか。

昔の人は、セックスを数少ない娯楽として捉えていた模様です。しかし今、セックスの他にも楽しいことはたくさんある。セックスの機会に恵まれない人であっても、パソコンがあれば、性的興奮をもたらしてくれる画像を手軽に視聴することができるわけで、リアルセックスなどという泥臭い行為をせずとも、充足感を得ることができるのです。

## セックス経験は多いほど良い?

セックスレスという言葉が登場してから既に久しい時が経ちますが、その原因は様々に考えられます。テレビやネット等、他に面白いものが色々ある。平均寿命が長くなるにつれて結婚生活も長くなり、同じ相手とセックスし続けるのがキツい。食べ物の影響か環境の影響か、日本人の性欲自体が落ちてきた、等々。

セックスレスという現象は一九九〇年代の初頭から、指摘されていました。その頃は、イケイケ感溢れる時代だったこともあり、セックスレス状態にある人は、そんな状況にある自分のことを恥じていたものです。女性誌など見ても、

「なんと二年もの間、セックスが無い私達夫婦」

などと、セックスを二年しないことが一大事のように記されていましたし、

「お恥ずかしい話なのですが、もう十年以上、私は男性との交渉がありません。こんなことは誰にも言うことができず……」

といった手記も。

この頃までは、まだ「大人の男女たるもの、セックスは恒常的にしているのが当たり前」という時代だったのであり、「セックスをしていない」というのは普通ではなく、恥ずかしいことだったようなのです。

九〇年代初頭といえばまだバブルの時代ですが、確かにこの頃、人は「ヤル時はヤル」という気概を持っていたように思います。若者は、草食化などという言葉とは無縁。特に男子は、セックス経験は多ければ多いほど良い、と思っていました。お金は儲ければ儲けるほど偉い、といった感覚と同様に、セックスについても捉えていたのでしょう。

時を遡《さかのぼ》れば、女は結婚まで処女でいることが当然、という時代がかつてありました。女性は結婚まで純潔を守り、夫になる人に処女を「捧げる」。結婚式と披露宴の後はその足で新婚旅行に出かけ、その晩に初めてのセックス、というのが日本の高度経済成長期の新婚さんでした。新婦が処女でないことがわかって、激怒する新郎もいたのです。

その後、七〇年代のラブ&ピース的な時代を経ると、女性も結婚前にセックスをする

ことが異常ではなくなってきました。男性側も、新婚初夜に相手が処女ではなかったからといって大騒ぎをしないように。結婚相手と初めてセックスするのが新婚初夜、というカップルよりも、事前にセックスの相性も確かめてから結婚するカップルの方が多数派になってきたのです。

そんなわけで私の青春時代は、既に「やらはた」、すなわちセックスを「やら」ないままに二十歳を迎えるのは恥ずかしい、という感覚が浸透しておりました。とはいえ、あまりに早々にしすぎるのはズベ公みたいでいかがなものか、という感覚もあったので、女子達は皆、「十八とか十九とかのほどよい時期に、とりあえずセックスを経験しておきたいものだ」と思っていたのです。

私達の親の時代は、「結婚する時点で非処女なのは恥ずかしいこと」という感覚が一般的であったと思うのですが、我々の時代は「二十歳までに『やら』ずにいるのは恥ずかしい」という感覚に。二十年ほどで、日本人の性の意識は大きく変わったのです。

こういった感覚の変化も、日本の少子化の一因ではないかと、私は思います。結婚までセックスをしなかった昔の人は、セックスしたさで結婚した、というところもあったでしょう。いざ結婚したなら、念願のセックス解禁ということで、せっせとしまくり、子供をぽんぽんと作ることとなった。

しかし婚前セックスが禁忌ではなくなって以降は、セックスのために結婚をする人はいなくなりました。むしろ結婚前に、セックス以外の「愛」だの「生活」だのといった小難しいことを考え出したため、なかなか人は結婚できなくなり、子供も減ってきたのではないか。

若者の性の意識もそうですが、大人にとってのセックスもまた、変わってきたようです。久しぶりに有吉佐和子『恍惚の人』を読んでみると、「この頃までは高齢者問題ってそんなに注目されていなかったのか」とか「この頃はヨメが介護を全て担わなくてはならなかったのか」といったことを思いつつ、私が最も驚いたのは、セックスについての感覚でした。

夫の父親の介護に苦闘する妻・昭子が主人公なのですが、彼女は介護の日々の中で疲労困憊《こんぱい》しつつ、ふと「もう何日も信利と肌を合わせていない」と思うのです。信利というのは夫のこと。父親が既に八十代という夫と、何日か肌を合わせていないことを、昭子は特殊な事象のように捉えているではありませんか。

さすが「昭子」すなわち昭和の子だ、と私は思ったことでした。何日も肌を合わせていないのが特殊であるならば、普段は三日にあげずこの夫婦は肌を合わせていたということになりましょう。

この時代の中年夫婦って、こんなにセックスしてたんだ。……と、私は感じ入りました。

別のシーンでは、飲み屋の女将《おかみ》が、自分のことを、

「ここんとこずっと処女なんだからね」

と軽口を叩くと、客の男が、

「俺も一月ばかり童貞だ」

と応えています。女将はその客に、

「なんだよ、だらしのない」

と言っていますが、一ヶ月セックスをしていないこともまた、この時代は特殊とされたのではないか。

『恍惚の人』が出版されたのは一九七二年、昭和四十七年のこと。この時代の主婦は、何日か夫と肌を合わせないだけでも「あっ」と思い、男が一ヶ月セックスをしていないと「だらしない」とされたのです。作者の有吉佐和子の個人的感覚だったという可能性もあるとはいうものの、それに近い意識は世の中にあったのでしょう。

## セックスレス同調圧力

対して今は、どうでしょうか。結婚歴の長い中年夫婦が、三日にあげずセックスしているとなったら、

「お、お盛んですね……」

と、驚かれることになります。今や、中年夫婦がセックスレス状態というのは、ごく当たり前のこと。一週間に一度であれ、一ヶ月に一度であれ、夫婦が定期的にセックスをしているというだけで、偉人もしくは変人扱いされましょう。

友人知人に話を聞いてみても、結婚歴二十年を超えるような人はほぼ全員、十年以上のセックスレス生活を送っています。

「二番目の子供を産んだ時が、何かが通過した最後」

とか、

「最後のセックスなんて、もう忘れた」

といった発言ばかり。今、セックスレスという状態はあまりにも当たり前すぎて、そのことを恥ずかしいと思っている人はいないのです。

数日セックスしないことが異常事態とされた一九七二年から二十年が経って一九九〇年代となると、セックスをしない時期が続く現象に「セックスレス」という名付けがされ、注目が集まるようになりました。その頃の人達にとっては、まだ「夫婦は日常的にセックスをするもの」という意識があったからこそ、「セックスレス」は話題となり、またセックスレス状態は恥ずかしい、という意識も生まれたのです。

しかしさらに二十年が経った今、多くの夫婦にとって、セックスレスであることは常態となりました。

「うちはセックスレス」

「そんなの当たり前でしょう」

と、主婦同士はセックスレスによって仲間意識を深め、セックスレスは全く恥ずかしいことではなくなりました。セックスレス同調圧力さえ発生し、昭和的性欲を保つ夫婦の方が、かえって「うちは異常なのではないか」と、恥ずかしさを抱くようになったのです。

セックスレス生活が長い人達も、不満が無いわけではありません。

「もうこの先の人生、一度もしないのかと思うと悲しい」

といった発言はしばしば聞かれるのですが、しかしそれはそれで仕方がなかろう、という諦めも、一方で持っている。日本人は、大地震やら台風やら、自然災害に昔から幾度となく見舞われていたせいで、何においても諦めが早いと言います。性欲も自然現象だと考えるならば、

「夫に対して無理に『私に性欲を持て!』って言ったって、湧くものじゃないでしょう。私も今さらダンナとするのは無理だしね」

と、諦めが早いのでした。

「ダブル不倫とかで性欲を満たしている人もいるみたいだけれど、そういうのもねぇ

……」

ということで、韓流アイドルやジャニーズアイドルに対して目をキラキラさせるのが一般的な、中年女性達。アメリカでは、夫婦間のセックスが無いというのも立派な離婚の理由になるのだと言いますが、日本人はそこまでしないようです。

親の世代がそんな状況ですから、子供世代も変わってきています。前述のように、我々が若かった頃は「やらはた」に対する恥ずかしさや焦燥感を覚え、やっきになって「やらはた」回避を目指したものですが、今の若者達からは、その手の気概は感じられません。

今の若者達を見ていると、男女はとても仲が良いのです。が、仲が良いあまり、男女が二人で同じ部屋にいても、何も起こらなかったりするらしい。二人で旅行に行っても、清い友達関係のままというのも、

「普通にあります」

とのこと。

それは我々の頃には無かった感覚であることよ、と私は思うのです。二人の男女が閉ざされた空間で一夜を過ごすということは、互いが「してもよい」と思っているということだと理解していた私。反対に言うならば、「したくない」と思っている相手とは、閉ざされた空間で一夜を過ごすべきではないと考えていたのです。

しかし今は、

「終電が無くなったんで、近くに住んでる友達の女の子の部屋に泊めてもらいました。もちろん、何もしてないっすよ」

ということらしい。「昔の男子は、したくもない女子の部屋には泊まらなかった気が……。もし泊まったとしても、据え膳感覚というか一宿一飯の恩義感覚で、とりあえず『して』たんじゃなかったっけ」などとバブル世代は回想するのですが、それは昭和の常識。今は、「同じ部屋に泊まったからといって、セックスOKというわけではない」というのが常識なのでした。


今時の若者は、「やらはた」を恥ずかしく思う感覚も、無さそうです。ものの調査などを見ても、日本人の処女率、童貞率は上昇しています。ネット等を活用することによって、バーチャルな世界で性的妄想を思い切り羽ばたかせたり、一人で「自分らしく」性欲を処理することによって、いわゆる欲求不満状態にも、ならないのかも。

## まったりしていたらセックスはできない

してみると平成という時代は、日本人がセックスをどんどんしなくなっていった三十年だったように思うのでした。昭和は平成よりも倍以上続いた長い時代でしたが、セックスしか娯楽が無かったとか、産めよ殖《ふ》やせよとか、とにかくモテたいとか、様々な理由に基づいて、その六十年余を日本人はセックスをして過ごしていた。かくして日本の人口は増え続け、また敗戦という大きなつまずきはあったものの、その後は国力も右肩上がりにアップしていったのです。

昭和の末期を飾ったバブルという時代は、平成の初めに崩壊しました。バブル崩壊を機に、何においてもガツガツした態度は、恥ずかしいものとなりました。昭和までは、ガツガツ働いてガツガツ儲け、何においても「上」とか「多」とか「増」といった感覚がよいとされていたわけですが、平成になるとゆったり、まったり、自然体で自分らしく……といった方向へ。

となるとやはり、セックスは減ることになりましょう。興奮したり裸になったりと、つまりは平静とは正反対の心身の状況でないとできないのが、セックス。ゆったり、まったりしていたらできないのであり、常軌を逸したガツガツした精神が必須の行為なのですから。

アカの他人である男女（とは限らないわけだが）が、互いに好意を持って（ともまた限らないわけですね）、次第に距離を詰めていった結果として、セックスする。それは大変に面倒臭く、恥ずかしい行為でもあります。客観的に見るとかなりみっともない姿でもあるわけで、忘我の状態にないと、恥ずかしくてできたものではない。

しかしそれでも昭和人達は、「したい」という気持ちのあまり、恥を乗り越えてセックスをしておりました。恥を恥としない社会情勢も、あったのかもしれません。

対して平成の人達は、昭和人のそんなガツガツ感に対して、違和感を覚えています。彼等はとても、その手の恥辱には耐えられないことでしょう。終電を逃した男子が一人暮らしの女子の家に泊めてもらい、「チューくらいした方が？」などとは一瞬思うかもしれないけれど、「いやでも断られたら赤っ恥だし」とか「でも翌朝、どんな顔でいたらいいのか」と思ったりすると、「何もしないで寝た方が楽……」と、眠りにつくのではないか。

「そのままでいいんだよ」的な感覚が染み付いている平成人には、心身ともに「そのまま」ではすることができないセックスは、とても面倒臭いものなのだと思います。もしも一人あたりの生涯総セックス数をカウントしたなら、昭和人と平成人では、かなりの違いが出るのではないか。

そんなわけで日本の人口は、これからもグッと増えることはないのでしょう。令和の時代、急に日本人の性欲が復活するとは、考えづらい。令和にはますますサラサラな性欲の子供達が生まれてきて、日本はどんどんサラサラとした国になっていくのだと私は思います。

# 歌ったり踊ったり

二十代の頃、

「この前、友達とカラオケに行って……」

などと親に話していたら、

「順子ちゃん、カラオケなんかに行くの⁉」

と、父親から驚きと軽蔑が入り混じったような顔で言われたことがあります。

当時は、カラオケボックスというものが流行《はや》ってから、そう時間が経っていない頃でした。それ以前のカラオケは、スナックなどで行われる、酒場での遊びというイメージがあったもの。

自分の娘が処女だと思っていたであろう我が父は、そんな酒場の遊びに娘が手を染めていることに驚き、そして嫌悪したのでしょう。父自身は、生涯で一度もカラオケを歌ったことがなかったと思われます。

「カラオケ」という言葉も、父にとっては胡散臭《うさんくさ》い響きを持っていたのだと思います。「ホテトル」とか「キャバクラ」といった言葉とほとんど同じ感覚で、「カラオケ」という言葉を聞いていたのではないか。

カラオケに対する感覚は、このように世代によって異なります。高校時代を海外で過ごした友人は、

「私が海外にいた時期が、日本ではちょうどカラオケボックスの隆盛期で、帰ってきたら友達が皆、カラオケで堂々と歌ったり合いの手を入れたりできるようになっていて、私は浦島状態。以来ずっと、カラオケはあんまり得意じゃない……」

と言っていましたっけ。

カラオケボックスが増えていったのは、確かバブルの時代。それ以降に生まれた子供達は、小さい頃からカラオケに親しんで育ちました。

私の場合は、父親がそのような感覚を持っていたせいか、はたまた物心がたっぷりついてからカラオケに接したせいか、今もカラオケまわりの事象に対して、一抹《いちまつ》の恥ずかしさを感じる者なのでした。カラオケは、嫌いではなく、むしろ好き。……なのだけれど、恥ずかしくて「好き」とか「行きたい」と言うことができないのです。「カラオ

ケ」という単語自体にもある種の言いにくさを覚えており、もう少し清涼感が漂う言葉にならないものか、と思う。

お酒が飲めない私は、飲んだ流れでカラオケへ、ということもありません。誰かから誘われることを待っていると、マイクを握る機会はせいぜい一年に一回くらいなので、いざカラオケボックスへとなった時は、人知れず赤面しているのでした。

誰かとカラオケボックスに入り、ドアを閉めた瞬間の、そこはかとない気まずさ。それは、ラブホテルのドアを閉めた瞬間の空気と似てはいまいか。「行為」を終えて部屋の外に出て、レジで会計を済ませる時のちょっとしたテレもまた、それっぽい……。

カラオケボックスにそのような空気を感じてしまうのは、ボックスの中で行われる行為に対して、私が秘め事感を覚えているからなのでしょう。カラオケ、それは思い切り声を出すという本能の発露。密室の中で行わなければならないような行為が私は「好き」で、「したい」と思っているんです、と。

ラブホテルと同様、カラオケボックスで最も恥ずかしいのは、初動の瞬間です。ですから、飲み物などを注文した後、

「先に歌って」

「いやあなたこそ」

などと先陣を譲り合っている時に、ささっと機械を操作して、

「じゃ、お先に」

などと歌い始める人には、大人の風格を感じます。一人が口火を切ってくれると後に続きやすいわけで、「私もいつか、ああいう人になりたい」と思い続けております。

カラオケを共に歌ったことがある人とは、秘密を共有したような気がするのも、それが恥ずかしい行為だからなのでしょう。ベテランサラリーマン達は、どんなにシャイな人でもたいてい、鉄板のカラオケネタを一曲や二曲は持っているものですが、それもカラオケが仕事相手との距離を縮めるツールとなるから。秘部を晒《さら》してこそ初めて深まる何かが、ビジネスの世界にもあるのです。

本能をさらけ出すのは、楽しい。けれど、恥ずかしい。そういった意味では「踊る」という行為もまた、「歌う」ことと似ています。音楽に合わせて身体を動かせば、今まで心身に溜まっていた何かが放出されるようで、解放感とともにハイな気分がやってくる……のだけれど、これもまた慣れていない者にとっては躊躇《ちゆうちよ》をもたらす行為。

今は、中学でダンスが必修化されたり、またEXILEなどの影響で、小さい頃からヒップホップダンスに親しむ子供達も多いものです。しかしそもそも日本人は、音楽に合わせて自然に身体を動かす、といったことを得意とはしないのではないでしょうか。盆踊りのように、ゆっくりとしたテンポに合わせて皆で同じ振り付けを踊ることはできるけれど、いわゆる「ノリ」で踊るというのは、今も不得意な人は多かろう。

海外アーティストのライブに行くと、私はいつも申し訳ない気持ちになるのです。日本人の聴衆というのは、全般的におとなしいとされています。アーティストから手を叩けと言われれば素直に手を叩くし、「イェーイ！」と言えと指示されれば「イェーイ！」と言うのだけれど、独自のノリで盛り上がることにはテレてしまうため、曲と曲の間がやけにしーんとしたりしている。

自分もまたそんな日本人の一人である私は、だからこそ「我々のノリの悪さに対して、アーティストさんは気分を害していないかしら」と、落ち着かない気持ちになるのでした。「私達、十分にあなたの音楽を楽しんでいます！　でも国民性的に、自然に飛び跳ねたり『ひゅーう！』とか言ったりできないの！　わかって‼」と念を送りつつ、精一杯の拍手をしている。

様々な国の人々を見ていると、日本人はリズム感が良い方ではない気がしてなりません。もちろん、日本人でも優秀なダンサーはおられますが、たとえばアフリカ系の人達は身体の内奥《ないおう》からリズムが溢れ出るように踊っているのに対して、我が同胞は「ノリ」を頑張って学習してその通りに踊っているような印象を覚えます。それは微妙だけれど絶対的な違いなのではないか。

我々に向いているダンスも、中にはありましょう。北朝鮮の人が得意とするマスゲーム、あれはダンスではないのかもしれませんが、我々も北朝鮮にタメを張るくらいのことができるもの。マスゲーム以外にも、集団で動きを揃える踊りは、私達に向いていいます。ロボットダンス等、動きを精緻にこなす必要のあるダンスも、いいかもしれません。対して、ヒップホップ的な上下動のある動きになると、そもそも日本人に向いていないような気がするのです。『日本人とリズム感』（樋口桂子）という本を読んでいたら、稲作を主としていた日本人は、上下動の感覚に乏しい、といったことが記してありました。田植えなどは、皆で一緒に田んぼで足をふんばって並行移動、といった行為。対して動物を追いかけて食糧としていたような民族は、大地を蹴る感覚が染み付いている、と。

確かに盆踊りなど見ていると、大地を蹴る動きはほとんどありません、足はせいぜい、櫓《やぐら》の周囲をゆっくり回るくらいで、皆で同じ手踊りをするのが、主たる動き。

それはかつてのディスコでユーロビートに合わせて踊られた、パラパラという踊りと共通した動き方です。左右にステップを踏むといった単純な足の動きとともに手踊りをするのが、パラパラ。それは、うんとリズムの速い盆踊りだったのです。

## 踊り慣れている世代

踊りというと、どうしても「皆で同じ動き」という方向に流れていきがちな、私達。

ヒップホップ系のダンスを習っている最近のチビッ子達を見ると、まだ年端もいかないうちからヘソなど出して大きく上下動していたり、あまつさえ腰を激しく振ったりもしていて、「時代は変わった」と思うものです。

私の時代、学校で習ったのはせいぜい創作ダンスとか、運動会で披露するような群舞だったのであり、ノリで身体を上下動させた記憶は絶無です。が、そんな私達世代、上下動はできなくとも、実は「踊る」という行為に対する羞恥心《しゅうちしん》が意外と薄いのであって、それはディスコのせい。

一九八〇年代に流行っていたディスコは、バブルの時代のイメージ映像で使用されるような、ボディコンの人が扇を振りまくる場でもなければ、前述のようにパラパラを踊る場でもありませんでした。それらは九〇年代のディスコであり、それ以前のディスコは、一部の曲に決まった振り付けのようなものがあった以外は、音楽に合わせて割と自由に踊る場だった。

もちろん、上手い人は格好よく踊り、下手な人はダサく踊っていたわけですが、ノリ方は個人の裁量に任せられていたものです。上下動系の動きはまだ伝播《でんぱ》していませんでしたが、ダンス好きな人は、マイケル・ジャクソンっぽいブレイクダンスなどを披露していたものでした。

ディスコという遊び場は、昨今のクラブよりも門戸が広かったように思います。クラブのように、音楽好きしか行けないようなムードは、無い。六本木の洒落《しゃれ》たディスコから新宿の庶民派ディスコまで、様々なジャンルのディスコがあったので、当時の若者のほとんどが、ディスコで踊った経験を持つのではないか。

ディスコ世代は今もディスコが好きなので、往年の名ディスコが復活営業していたり、またディスコイベントが開催されたりしています。私もその手の場に行ったことがあるのですが、久しぶりに踊るとなった時に蘇ってきたのは、「踊る羞恥」でした。「え、いきなりここで踊れと？」と、戸惑ったのです。

が、次第に場に慣れてくれれば、肩から上に手を上げて、

「うぇーい！」

みたいな声を発したりもした。

その場にはディスコ世代ではない若い知人もいたのですが、きっとその人達は「うぇーい」などと踊っている私を見て、恥ずかしい気持ちになったことでしょう。「酒井さんには割とおとなしいイメージを持っていたけど、な、何なんだこの突然のノリは……」と。

音楽にのって浮かれている人というのは、セックスしている人やカラオケを歌っている人と同様、忘我の状態にあります。日常生活において、人はみだりに忘我の状態にはならないわけで、忘我が許されるのは限られた場においてのみ。

その若い知人は、ものの弾みでディスコ空間に身を置き、「うぇーい」となっている大量の中年に囲まれることになりました。いたたまれないのと同時に、普段知っている酒井さんとは違う忘我中の酒井さんを見て、どう反応していいのかわからなくなったのではないか。

私もまた、他人の独特なノリを見て、「えっ」となることがあるのです。カラオケを初めてご一緒した人が、マイクも割れよとばかりに激しいシャウトを披露していたり。また初めてライブをご一緒した人が、何かが憑依《ひょうい》したようなヘッドバンギングで陶酔していたり。普段の姿とのギャップが大きいほど、相手の秘部を覗き込んでしまったようで、モジモジするのです。

この、周囲の人を戸惑わせる突然の激しい忘我というのも、我々が稲作民族だったことと無関係ではないのかもしれません。農村の日本人達は、普段は地を這うような農作業をしていたけれど、祭の夜などは、歌舞音曲《かぶおんぎょく》はもとより、ほとんどフリーセックス感覚で思い切り弾けたのだと言います。その、いざスイッチが入った時の振り切れる楽しさを、私達は今も忘れていないのではないか。

他人が突然の激しい忘我に陥ったことに対して覚える恥ずかしさは、乗り越えられるものなのでした。相手の忘我状態にテレてしまうのは、まだこちらが同じ土俵に立っていないせい。こちらも祭の夜状態で我を忘れれば、相手のノリなど気にはなりません。

やはり我々、我を忘れる時も、皆と一緒であれば安心なのです。

さらに大人になってから発見したのは、「羞恥心は磨耗《まもう》する」という事実です。若い頃、ディスコのフロアに出て踊るのは恥ずかしかったけれど、勢いでそんな気持ちを乗り越えていました。が、今はディスコであろうとカラオケであろうと、わずかな時間でスーッと羞恥を忘れることができるように。

そもそも二十代の頃までは、人前で話すことなども恥ずかしくてとてもできなかった私ですが、次第に鋭い羞恥心はスレてきました。今は特にドギマギすることなく、人前で話すようになったのです。

ただしそれは、トークが上手くなったということではありません。特に面白くもない話を、特に緊張せずに話しているだけなのであり、話術は向上せずに羞恥心だけがすり減ったのです。

カラオケにおいても、昔とは全く違う歌いっぷりとなりました。若い頃は、気心の知れた人とカラオケボックスにおいてであれば歌うことができるけれど、カラオケスナックなど、見知らぬ人がいる場で歌うなどとんでもない、と思っていました。が、今となってはその手の場でも、朗々と歌い上げることができる。天国のお父さんお母さん、恥ずかしがり屋だった私が、今やこんなに堂々と八代亜紀を歌ってますよ。見てる〜っ？と問いたい気分ですが、そんな私を両親が見たとしても、特に嬉しくはならないことでしょう。

しかし人前で歌う私の背を押しているのは、大人としての責任感なのだ、ということは付け加えておきたいところです。「いえいえ私なんて」と頑《かたく》なにカラオケのマイクを拒否する態度は、場を盛り下げるもの。その場にいる人達の年代等も鑑《かんが》みて、「歌いたい歌よりもウケる歌」という基準で選曲を行い、恥じらいの気持ちは脇に置き、しかし引かれるほどに我を忘れることもなく歌う。それが大人のオブリージュというものではないでしょうか。

羞恥の気持ちが磨耗してきた中で生きるのは、ラクなことです。若い頃のように、人前で何かする度にいちいち心臓を高鳴らせたり、嫌な汗をかいたりしなくなったことは有難いのですが、しかしそこで一抹の寂しさを覚えるのも、また事実。人前で堂々と八代亜紀を歌い上げる度に、「もっとドキドキしたい」と思ってしまうのは、ないものねだりというものなのでしょう。

# 暗闇の中の「行為」

歌や踊り等、人前で「ノリ」というものをつい発揮してしまうと恥ずかしくなりますよね、ということを前章で書いてみた私。しかしその後、そういった恥ずかしさから解放される空間を発見いたしました。

それは近頃流行《はや》りの、暗闇フィットネス系ジム。暗闇の中でバイクマシンを漕《こ》いだりヨガをしたりと、様々な運動をする暗闇ジムが昨今増えているのであり、私もその中の一つ、暗闇トランポリンというものに行ってみたのです。

友人の「五キロ痩せた」という話に色めき立って挑戦する気になったのですが、最初は暗闇でトランポリン、という行為がよくイメージできませんでした。スタジオに入ってみると、そこには一人用の小さなトランポリンがずらり。インストラクターのお姉さんの指示のもと、大音量の音楽に合わせて、様々なステップで跳び続けるのです。

ではなぜ、暗闇なのか。……といえば、「見えない」ことによって、私達は様々なことから解放されるからなのでしょう。一般のジムでは、明るい照明の下でヨガなりエアロビクスなりのレッスンが行われます。私もかつて通ったことがありますが、だらしない肉体やモタモタした動きが白日のもとに晒《さら》されるのは、かなり恥ずかしいもの。いきおい、自信のある人が前の方に行き、そうではない私のような者は隅っこでゴキブリのようにコソコソと動くことになっていました。

暗闇フィットネスと聞いてきっと多くの人は、あのコソコソ感からの解放を思ったことでしょう。人目を気にせずに運動できるっていいじゃないの、と。

暗闇トランポリンのクラスでは、たとえ間違えてもついていくことができなくても、人目を気にせずにいられました。息が上がってしまったら、存分に苦悶《くもん》の表情も浮かべられる。

暗闇には、「人目を気にしなくていい」ということの他にもう一つ、「没頭できる」という効能も、ありました。インストラクターのお姉さんは、クラブのＤＪのように、我々を激しく煽《あお》ります。ブルーノ・マーズとかがガンガンにかかる中、「音楽にのれ、自分を解放しろ」的な空気を醸《かも》し出すのです。

その時、スタジオが隅々までライトで照らされていたなら、私達は中途半端な「ノリ」しか発揮できないことでしょう。しかしそこは暗闇、ブラックライトやミラーボールの光くらいしか無いので、ダサかろうと奇矯だろうと、自分なりのノリを全開にすることができます。インストラクターのコールに対しても、恥ずかしげもなく、

「イェーッ!!」

と、レスポンスすることができる。さらには、「私って結構、イケてるのでは？」といった妄想にうっとりと浸ることも、自由なのです。

すなわち暗闇フィットネスとは、クラブとかディスコで激しい運動をしているようなもの。もしかするとその手の場所よりも照明は暗いので、より他者の存在を気にせず、自分に没入できるのでした。

とはいえ、好き好きはあるのだと思います。普通のジムのスタジオにおいて、自分の肉体や動きのキレに自信がある人は、インストラクターのすぐ前、最前列に陣取《じんど》っていました。彼等・彼女等は、煌々《こうこう》と照らされている中でも堂々と、

「イェーッ!!」

と叫んでいましたし、ハードな動きの時はウットリ気味に苦悶の表情を浮かべていた。

彼等はつまり、「明るくないと燃えない」タイプなのです。ベテランであるが故に、見られていないと興奮しない体質になったのではないかと思われ、その手の人達が暗闇フィットネスに来ても、何ら沸《わ》き立つものはないのかもしれません。

## 電気が無い時代のセックス

暗闇での運動と言えばセックスが代表的ですが、これもまた、暗いのが良いか、明るい方が良いかは、好みが分かれるところかと思います。が、一般的に考えますと、それは暗がりですることの方が多い行為。何せシモとシモとの接合、粘液と粘液の交換ということで、衣服は脱がなくてはならないし、日常生活ではあまり見られないポーズも、とらなくてはならない。暗い方が羞恥《しゅうち》から逃れることができる、というのが凡人の考えです。

しかしこれもまた、上級者になると考えは違ってくるようです。彼等は、羞恥から逃れようなどとせず、快感のスパイスとして、積極的に羞恥を利用している。

たとえばあえて灯りをつけたり、カーテンを開けてみたり。もしくは、目を閉じている相手に対して「目を開けろ」と指示する人もいましょう。行為を可視化することによって羞恥心を煽り、通りいっぺんのセックスとは異なる興奮を得ようとするのです。

そんな刺激にも慣れてしまうと、次第に当事者同士の視線だけでは物足りなくなってくるようなのでした。そんな人達が利用するのは、第三者の視線。たとえばハプニングバーという業態は、「色々な人と色々なことができる」ということのみならず、「色々な行為を、色々な人に見てもらうことができる」からこそ、流行ったのではないでしょうか。

電気が無い時代、人はその手の行為を真っ暗な中で行っていたと思われます。行灯《あんどん》の灯りも無い真の闇での行為というのは、それはそれで妄想が広がったことでしょう。聴覚、嗅覚、触覚と、視覚以外のあらゆる感覚をフル活用して行為に没頭するというのも、真の闇が存在しない世で生きる私達にとっては刺激的に思われる。

当時は暗闇であるが故のハプニングも、あったようです。「源氏物語」の中で光源氏は、空蟬《うつせみ》だと思って違う女性と「して」しまいますが、それも暗闇ならではのうっかり行為。また、末摘花《すえつむはな》のような不細工、源典侍《げんのないしのすけ》のような大年増とつい「して」しまったのも、暗闇だったからではないか。もちろんそれは物語の中の出来事ですが、その手のことが実際に発生しがちだったからこそ、物語にも反映されたのでしょう。

目に見える世界を支配している価値体系が、暗闇でも通用するとは限りません。末摘花はドブスとして描かれていますが、暗闇においてはその慎ましさが、光源氏の好奇心をそそった可能性がある。また源典侍は性欲がやたらと旺盛《おうせい》なエロババアですが、暗闇の中なら、その容姿の衰えを直視することなく、彼女の老練なテクニックを存分に味わうことができたのではないか。加齢によって脂の抜けたハリの無い肌も、触感だけなら羽二重《はぶたえ》のように思えたかもしれません。

目に見える世界における、容姿の良し悪しによるヒエラルキーは、このように暗闇の中でフラット化するのです。見た目からくる羞恥心から、私達は暗闇の中で解放されることとなる。

そんな解放感に浸りつつ、私は暗闇の中、トランス状態でトランポリンを跳んでいたわけですが、しかし一連のレッスンが終わってスタジオが明るくなった時に、気づくことがありました。暗闇では忘れていた自意識を取り戻してふと周囲を見回すと、「暗闇であっても、容姿に自信がある人の方が前方にいる」ということがわかったのです。

照明ジム（暗闇ジムの対義語として考えてみました。携帯電話の登場で固定電話という言葉ができたように、暗闇ジムが浸透するとこの手の言葉も必要になってくるかも……）において、肉体や動きに自信がある人ほど前方に陣取る、と先ほど書きました。が、暗闇ジムでも同傾向がみられるではありませんか。

インストラクターの目の前には、おそらくは常連さんなのでしょう、スタイルの良い人達。対して一番後ろの列には、もっさり気味の男女。

体型だけではなく、着ているものも異なります。前方にいるスタイルの良い人達は、ルルレモンとかの、最新の素敵なウェア姿であるのに対して、後方の人は、変な丈の変なTシャツなどを着ている。

様々なスポーツにおいて、ウェアと技量は密接な関係を持っているようです。以前、

ビーチバレーの選手と話した時、

「上手い人ほど、水着の面積が小さいんです」

と教えてもらったことがありました。女子ビーチバレーの水着の面積は、本当に尻の割れ目が隠れるか隠れないかくらい狭小なのですが、下手な人がその手の水着を着てしまうと格好悪いのだそう。

つまり技量の高低と、ウェアのおしゃれ度の高低は比例していることが望まれるのが、スポーツの世界。さらに言うなら、特に女子においては、技量が高い人ほど露出度や身体へのフィット度も高い、という傾向があるようです。

下手な人でも洒落《しゃれ》たウェアを着る自由はあるのでしょうが、「ウェア一流、技量は三流」というのは確かに身の程知らずな感じ。さらには、技量が高いということは肉体もそれだけ鍛えられているわけで、露出度が高かったり身体にぴったりしたラインでも、生々しく見えません。

市井《しせい》のジムにおいてもそれは同様であるわけですが、私はといえば、変なTシャツ組であることは、言うまでもありません。暗闇であっても、出入りの時などわずかな点灯タイムに、ヒエラルキーは決定してしまうのです。

## 露出の可能性を追求したハイレグの流行

ではもしも私がこれから精を出して、シェイプされた肉体と俊敏な動きを手に入れたとしたならば、高露出度のおしゃれウェアに手を出すようになるのか。……といったら、そうはならない気がするのでした。

露出は、嫌いではないのです。一九八〇年代には、それなりのハイレグ（笑）にも、手を出していた。

思い起こせば、バブルへと向かう八〇年代は、肉体露出の可能性を追求する時代でもありました。ギリギリのミニスカート、身体のラインを強調する服などが、よく見られたもの。

その頃もフィットネスブームだったのであり、流行していたのはやたらと股部分の切れ込み角度の急な、超ハイレグのレオタードでした。水着ももちろんハイレグで、股中心部のわずかな部分しか布で覆わず、鼠蹊部《そけいぶ》は丸出し状態のものを、杉本彩さん等は着こなしていたのです。

杉本彩さんばりの鋭角的な水着は私は恥ずかしくて着用できませんでしたが、かといってあまりに角度が甘いものも、時代の空気として着用しづらい。ほどほどな角度に着地するのが、難しかったものです。

鼠蹊部に関しては多少の躊躇《ちゅうちょ》があれど、その他の部位に関しては、積極的に露出していた私。若者にとっては自分の肌こそが最も贅沢な衣装であり、「見せびらかさないでどうする」といった気概を、持っていたのでしょう。

今、さほどスタイルが良いわけでもない若い女性が、「どうだ」とばかりに露出度の高い服で歩いているのを見ると、私は「恥ずかしくないのかしら」と思います。しかし我が身を振り返ってみますれば、自分も特にスタイルが良いわけでもなかったのに、恥ずかしげもなく堂々と肌を露出していましたっけ。

高校時代は、

「お辞儀をしてパンツが見えない長さにしなさいっ」

と先生に怒られながらも、チェックのスカートを腰で何回も折って、超ミニ丈に。夏場は、ほとんど半裸のような格好で、街へも海へも繰り出していた。

今考えると、「どうしてあんなに露出したかったのか？」と不思議なのですが、それは生物としての本能のようなものだったのかもしれません。パツンパツンの肌をできるだけ見せることによって、

「私はこんなに若いのだ」

と、周囲に知らしめる。繁殖期の動物が異性に対してアピールするように、我々は肌

を露出していました。

## 胸の谷間に漂う湿度

繁殖期が終わるとその手の欲求も収束するものなのか、年をとるにつれて、私の中の露出欲求は、しゅるしゅるとしぼんでいきました。時には、

「フランスの女性は、年をとっても堂々と胸の谷間や脚を見せている。日本の女性も躊躇しないで肌を見せましょう!」

といった言説に接することもあります。しかし胸の谷間を見せるとかノーブラとか、とにかく乳の存在を際立たせるような着こなし術は、いくら時代が変わっても、日本には定着しないのではないか。

欧米人女性の胸の谷間と、日本人女性の胸の谷間とでは、そこに漂う湿度が全く違います。マリー・アントワネットの時代から胸の谷間を露出し慣れている欧米女性の場合、谷間もまたカラッとした質感であるのに対して、着物でしっかりと胸の谷間を隠し続けていた日本女性のそこには、先祖伝来の湿気が湛《たた》えられている。

胸の谷間を見せるという文化は、青年誌のグラビアの中だけにしかない、我が国。そんな日本では、若い女性が普段着で胸の谷間を見せていると、周囲の人は「嬉しい」と

言うよりはあまりに生々しくて「恥ずかしい」のです。当然、いわんや中高年をや、ということになりましょう。

中年になって、ノースリーブを着ることにも、私は躊躇を感じるようになりました。腕の太さ云々《うんぬん》という問題よりも、脇の下を他人様《ひとさま》に積極的に見せなくてもいいだろう、という気が個人的にはするから。どれほどムダ毛処理が完璧であろうとも、胸の谷間と同等もしくはそれ以上の湿度を感じさせるのが、脇の下。中年がノースリーブで電車の吊革につかまっていたりすると目のやり場に困るのは、そこが一種の陰部だからなのでしょう。

そんなわけで、たとえ暗闇であっても、露出度は抑えめにしている私。たまに海外のビーチリゾートなどに行った時のみ、少し多めに露出して、昔とった杵柄《きねづか》の感触を思い出してみるのでした。

そんな中、とある大胆な友人が、ヨーロッパのヌーディストビーチに行ってきたのです。

「みんな裸だから、ちっとも恥ずかしくないわよ。かえって何か着ている方が恥ずかしい。すっごいデブのおじさんも、乳が垂れさがってるおばさんも、堂々と裸でいるしね」

とのことでした。

話を聞いていると、青天のもと、裸で過ごすのは確かに楽しそう。皆が裸であれば、露出の度合いが高い低いといった問題は霧散《むさん》し、私もあなたも単なる動物の一個体、と平等な気分になりましょう。それは日本の温泉でも味わうことができる感覚ですが、ヌーディストビーチは混浴というか共学らしいので、女湯や男湯よりも、さらに垣根がとっぱらわれた気分になりそうです。

してみると全員が裸でいるヌーディストビーチというのは、暗闇と似た感覚で過ごすことができる場所なのかもしれません。完全に晒すか、完全に隠してしまうことによって、私達は美醜や服装に囚われずに、生きることができるのではないか。

とはいえ、寒暖の差も激しい日本で裸族として生きるのは難しいし、暗闇の中でのみ過ごすのもまた不可能。たまの娯楽として、全てを晒したり全てを隠したりしつつ、この世界を生きていくしかなさそうです。

# 結婚相手

昨今の美人女優が交際したり結婚したりするお相手として目立つのは、IT長者です。美人が誰と結婚するか、そしてどのような企業がプロ野球チームのオーナーになるかで、その時に景気の良い職種が理解できるわけですが、ここしばらくは、やはりIT関係が幅をきかせている。美人やプロ野球チームを手に入れることは、成功した男の夢なのでしょう。

ああ、昔は国鉄だってプロ野球チームを持っていたのになぁ。今も、鉄道や新聞社といった昔ながらの企業がプロ野球チームのオーナーとして残っているけれど、この先は鉄道や新聞、どうなるのだろう。

……という話はどうでもいいとして、問題は美人の方なのでした。IT長者と交際・

結婚する美人を見ると、私はそこはかとない恥ずかしさを感じる者です。美人側と長者側の生々しい思いが、それぞれあまりにも如実に露呈しているところに、恥ずかしさを感じるのだと思うのですが。

ＩＴ長者ブームの前、美人はパチンコ企業の社長や、社長の息子と結婚していました。明らかに彼らもお金持ちなのであって、その頃も私は、似たような思いを抱いていたものでしたっけ。

結婚とは、男のカネと女のカオの交換である、と書いたのは小倉千加子さんです。ヨーダのような矯正歯科医と、ヨーダよりも頭二つ分は背の高いスレンダー美女が夫婦だったりするのは、そのせい。もちろんトランプ前大統領夫妻を見ても、卑近な例で言えば故・紀州のドン・ファン夫妻にしても、同じ匂いが漂いました。

その手のカップルを見ると、自分が恥ずかしくなると同時に、「恥ずかしくないのかしら」という気持ちも、私は抱きます。すなわち、「相手のお金が魅力で結婚しました、ということがありありと見えてしまうことに関して、女性側は恥ずかしさを覚えないのだろうか」という疑問、および「あまりに容姿レベルや年齢が釣り合わない美人妻を得ることによって、金にものを言わせているように見えてしまうことに対して、男性は恥ずかしく思わないのだろうか」という疑問が、湧いてくるのです。

もちろんそこには、嫉妬が混じっています。私のカオを目当てににじり寄ってくる長者など、来《こ》し方を振り返っても、いるわけがない。当然、行く末にもいなかろう。自分のカオと男性のカネを交換することができなかった女性が吐き捨てる、

「いくらお金持ちだからって、よくあんなおじいさん（とか不細工とか、ゲス男とか）と結婚できるわね」

という発言の裏には、自らが得られなかったものを簡単に得ているように見える人達に対する嫉妬があるのです。

若さやルックス、人望といったものはないけれどお金ならある、という男性と結婚する美女は、しばしば「お金目当て」で結婚した、と言われがちです。そこには本当の愛など、存在するはずがない、と。

私もそう思いがちな者なのですが、しかしよく考えてみますと、それは意地悪な見方というものです。美人と長者の結婚に、恋愛感情が無いわけではありません。美人は、その男性が稼いだお金のみならず、お金の背景にあるものに、恋をしたのです。

ここで「お金」と言うから聞こえが悪いのですが、時をうんとさかのぼって、人間が石斧を振り回しながら獲物をとって生きていた時代に置き換えてみるならば、今で言う「お金持ち」とはつまり、獲物をたくさんとってくることができる人のこと。女達が、そんな男に惚れないわけがありません。獲物をたくさんとってくる男は、良い子孫を残してくれそうな若くて美しい女に、自分がとってきた肉を、特別にたっぷりと分け与え

ることでしょう。

その時に女は、与えられた肉のみに惚れるのではありますまい。男が持っている、獲物をとる能力そのものにも、惚れるわけです。そこには、頑健な肉体、優れた狩猟の技術、また共に狩りをする部族の男達から信頼される気質等が含まれます。

今もまた、同じなのです。それがどれほどのヒヒ爺であっても醜男であっても、お金持ちが「自分は美人を口説く資格を持っている」と思うことができるのは、自分がとってくる「肉」に自信があるせいです。そして美人がそんな男性に身を任せる気持ちになるのも、「この人は私にずっと肉を与え続けてくれる♡」ということのみならず、肉をとってくる能力への尊敬があるせい。

貨幣経済の世となり、皆がお金のことが大好きになったため、「優れた狩人」すなわち「お金儲けが上手な人」は、あまり良いイメージではなくなりました。お金儲けなどに興味を持たない人の方が品《しな》が高い、と思われるようになったのです。

しかし、たとえばＩＴ長者達とは、新規開拓傾向が強く、機を見るに敏な人、と言うことができましょう。それは昔で言えば、多少危険を冒してでも、新たな狩場を見つけ出すことができる人ということ。古い狩場にいつまでも通い続け、「獲物がいない」などとブツブツ言うだけで手ぶらで帰ってくる男性と比べた時、前者に美人が惚れるのも、無理はありません。

そう思えば、IT長者に美人がなびくことにも、納得ができるのです。交換経済は実は今でも続いていて、女のカオは、昔なら肉、今ならカネと交換することが可能。「美人と長者」というカップルは、そんなわけで恥じなくてはならない存在ではないのです。それは、カップルの最も原初的な形態。「自分は交換価値が高いものを持っているのだ」と、彼等はむしろ誇らしい気持ちなのではないか。

功成り名遂げた男性が、糟糠《そうこう》の妻と別れて若い美人と結婚、というパターンもありますが、その手の妻のことを、アメリカでは「トロフィーワイフ」と言うそうです。トランプ前大統領の妻などもそのケースかと思われますが、壮年となった時に、

「こんな女をゲットした、イェーイ!」

とトロフィーのように見せびらかすことができる妻ということで、言い得て妙なネーミングです。

一方で昨今は、功成り名遂げた「女」も、珍しくはありません。では、そんな女のカネと男のカオは、交換することが可能なのでしょうか。

一般的に考えると、女のカネと男のカオを交換する形での「結婚」は、逆パターンよりもうんと少ないのです。女性のカネに恋するイケメンというのは、男性のカネに恋する美人よりも、危ない香りが漂うもの。

功成り名遂げたおばさんが、長年連れ添った夫を捨てて、若いイケメンと結婚する。

……といったトロフィーハズバンドの実例も、私はあいにく、身近では知りません。「男はカネ（とか獲物とか）を獲ってきてなんぼ」という価値観があまりにも長く続いたため、カネを獲ってくる能力を持つ女性も、経済力の無いイケメン男性も、互いが持つ資本を交換して良いものかどうか、まだよくわからないのでしょう。

もちろん例外はあって、ジョージア・オキーフもマルグリット・デュラスも、たっぷり年をとってから何十歳も年下の男性と恋愛をしていました。我が国でも、故・内海桂子師匠という例があるのです。

が、我々凡女が、オキーフやデュラス、そして内海桂子師匠といったカリスマの真似を簡単にできるものではありません。ある種の市場においては、女性が自分のカネと男性のカオを交換することによって性欲を満たしたり、愛玩欲求を満たしたりすることはできましょうが、恋愛市場や結婚市場においてその手の交換行為を行うのは、まだ難しいことなのです。

## 「お目が高い！」の真意

女性の「カオ」の価値は、いつの時代でも何かと交換が可能な、確実な資本です。価値が移ろいやすい資本であるため、早めに交換しておかなくてはならないという難点はあるものの、若いうちは最強のカードと言っていいでしょう。

全ての女性が、そのカードを持っているわけではありません。誰が見ても「きれい」と言う百点満点の美人以外にも、八十点くらいの「そこそこ美人」、五十点くらいの「よく見りゃ美人」、三十点くらいの「通好み」等、カオ指数も様々なのです。

もちろん、女性の価値はカオのみで決まるものには非《あら》ず。性格や肉体の良し悪しや相性というものも含めた総合的観点から、結婚市場において男性は女性を吟味し、女性もまた男性を選ぶことになる。

カオ指数はそれほどではないけれど、非常に気立てが良くてしっかりしている女性を妻に持つ男性は、

「お目が高い！」

と言われ、「美人と長者」カップルよりもよほど好意的な目で見られるものです。が、よく考えればこの「お目が高い」という言葉、実は失礼のような気がしてなりません。

なぜならば、「お目が高い」とは、「あなたの奥さん、容貌は今一つだというのに、その内面の美質を見抜くことができたとは、あなたが女性を見る目は優れている」という意味の褒め言葉だから。さらに言うなら「容姿が今一つな女性と一生連れそう決心をしたあなたの気概もすばらしい」という意味も、含まれているのではないか。

「お目が高い」は、美人妻を持つ夫に対しては、決して言われない台詞《せりふ》です。美人は誰

が見てもわかる特性であり、「見る目」など持ち合わせていなくても、美人を「いいな」と思うことは簡単。「美人と長者」のカップルが、真実はどうあれあまり思慮深くは見えないのは、その辺も一因かと思われます。

若い美人と不細工な長者、というパッと見ではあまり釣り合いが取れていないカップルが人の心にざわつきを与えるのに対して、

「実にお似合いのカップル！」

と言われがちな二人もいます。この言葉が何を意味しているかというと、「二人とも、色々な意味で同レベルですよね」と言っていることが多いもの。

しかし私は、あまりにも「お似合い」の度合いが過ぎるカップルに対しても、恥ずかしい気持ちを抱きがちなのでした。それはたとえば、美男美女。ジョージ・クルーニー夫妻のように、誰からも羨ましがられるような高レベルカップルがいるものですが、レベルがぴったりと合いすぎていることに、恥ずかしくなってくる。むしろ、イギリスのウィリアム王子のように、「お似合いだけど夫の髪が後退気味」とか、ヘンリー王子のように「お似合いだけど妻は離婚歴アリという王室にしては異色の配偶者」といったヌケがある方が、ほっとできるというか、上品というか。

A級女子アナがA級野球選手と、B級女子アナがB級野球選手と結婚したりするのを見ても「嗚呼《ああ》……」と頰を赤らめる私であるのですが、それは醜男醜女カップルを見た

時の恥ずかしさとも、似ているのです。美男美女と同様、「あ、この人は私と同レベル」ということを互いが瞬時に感じ、そこに惚れて二人は交際に発展した、という経緯が滲みでてくるという意味では、同じ香りがするから。

高校生であっても、校内で一番の美男と美女、はたまた一番メジャー感のある男子と女子が付き合ったりするものです。学校内カーストが同ランクの者同士の交際ということで、そこにあるのは、レベルへの恋情。二番手レベルの人達は二番手同士で、中位レベルの人達はその中で相手を見つけたりするのが、哀しくも恥ずかしい。

感情が未熟な高校生だからというわけでもなく、人は大人になっても「レベル」に恋をします。「せいぜいこんなところだろう」と、自分を納得させて付き合ったり結婚したりしたこと、あなたにもありますよね……。

ジョージ・クルーニーにしても、妻となったゴージャス弁護士と初めて会った時に感じたのは、稲妻のような恋情だったのかもしれませんが、それは「あ、同レベル……」という感覚と極めて近いものではないかと、極東のゲスは勘繰《かんぐ》るのでした。

## 相手の「恥」を取り込んでこそ

配偶者選びというのは、このように愛だの恋だのだけでするものではありません。結婚は生活であるからこそ、相手の経済力は重要だし、また自分とかけ離れた世界に生きる人も、最初は新鮮かもしれませんが、やがて疲れてしまうでしょう。

親が結婚相手を決めていた時代は、配偶者がどれほど不細工だろうとお金持ちだろうと、はたまた自分と同レベルすぎようと、「私が選んだのではない。親があてがったのだ」と、言い訳をすることができました。しかし自由恋愛・自由結婚の世となって、

「あなたは、自分でこの相手を選んだわけですよね？」

と世間から思われるからこそ、相手選びの時に恥という問題が関わるようになったのであり、

「よくあんな夫／妻と一緒にいて、恥ずかしくないよね」

という感想は、自己責任時代ならではのもの。

周囲を見回せば、「この人とだったら自分も結婚できる」と思うことができる相手を持つ人が、どれくらいいましょうか。「よくこの人と一緒にいられるナー」などと内心では思いながら、友人知人の配偶者に対して、愛想よく接している自分に気がつくことが、しばしばあります。

ということは自分もまた、そのように思われているわけです。私のお相手は、「よくあんな女と……」と、世から思われていましょう。

人はつがいとなった時に、他人から見たら「恥ずかしい」とされる相手の部分をも、

自分の中に取り込んでいくのだと思います。その取り込む過程こそが、つがいがつがいとして成熟していく時間なのではないか。

森友学園の前理事長夫妻等、端《はた》から見ると「えっ」と思うような夫妻も、世にはいるものです。「は、恥ずかしくないのかな」と。

彼らは、全く恥など感じていないに違いありません。最初は相手に対して何か思うところがあったかもしれないけれど、それを自分の中に取り込んで、次第に同化していったのではないか。「夫婦が似てくる」とはつまり、そういうことである気がします。

対してうまくいかない夫婦は、相手の恥を自分のものにすることができないのです。相手のどこかを延々と「恥ずかしい」と思い続け、周囲にも、

「この人の恥ずかしさに、私は気付いていないわけではないのです！」

とアピールし続けるのは、つらそうなことなのだから。

人と人とがつがいと化す時には、いずれにせよ尋常でないエネルギーが作用するものですが、どうせなら相手の恥部に一生気がつかないくらいになることができたら、幸せなこと。周囲は恥ずかしいと思っているけれど、自分達は全く恥ずかしくないというカップルは、案外幸せなのではないかと私は思うのでした。

# 男の世界

同級生の男性達何人かと、久しぶりに集った飲み会でのこと。中には、いわゆる出世をしている人もいれば、そうでもない人もいたわけですが、「あ」と思ったのは、前者から滲みでてくる〝出世臭〟のようなものでした。「俺が手がけた仕事」とか「こんな偉い人とも親しくしている」とか「モテたりもしているのだ」といったことを会話の端々に挟み込んでくるのみならず、さほど出世していない人に対しては、アドバイスのようなものまで。

五十代にもなると、会社員の人生においては、この先どの辺りの立場まで行きそうかが見えてきます。出世に成功している人からは自信が溢れ、そうでもない人は「俺が出世していない背景には、様々な不運や仕方のない事情があって……」という説明をしたがる。

男女共同参画云々《うんぬん》と言っても、会社という場はいまもって、男の世界です。そして男の世界では延々と、こんな風に上だの下だのとやっていたのだなぁ。……という感覚は、自由業の私にとって新鮮でしたが、新鮮であると同時に、恥ずかしくもあったのです。

出世した男が醸《かも》し出す〝出世臭〟も、出世しなかった男が醸し出す〝言い訳臭〟も、昔の友人としては、特に見たくはないものでした。しかし「俺は出世した」という事実も、「出世しなかった理由」も、彼等にとっては久しぶりに会った昔の友人にアピールせずにはいられないところだったのでしょう。単に昔を懐かしむ感覚で参加した私は、いきなりその生々しい男の欲求の放出に接して、赤面したのだと思う。

出世自慢はわかりやすいとしても、出世しなかったことについての弁からは、痛々しさも漂います。自分のせいではなく、周囲が悪かったから満足のいく地位を得られていないのだとか、これからもっとデカいことをしてみせるといった発言に対しては、

「ふーん……」

としか言いようがない。「俺、別に出世とか興味ないし」などと言いながらも、「本当は出世したかった」という気持ちが滲むところが、恥ずかしい＋悲しい……で、はずかなしい。

出世するのも大変でしょうが、上手に出世しないでいるのもまた難しいのだなぁと、

私は思ったことでした。全く出世しなくとも、楽しそうに淡々と、そして周囲から愛されつつ組織の中で生きている人はいます。彼等の場合、本当に出世には興味が無さそう。「出世をしないことへの言い訳」などもしないので、安心して見ていられるのだと思う。

その飲み会では最後、最も出世している人が、全員分を奢《おご》ってくれました（たぶん経費）。

「えっ、仕事じゃなくてプライベートの会なんだから、割り勘でいいんじゃないの？」と私は思ったのですが、他の男性達は平然と奢られています。割り勘を主張しづらいムードがあったので、私も何となく奢られたのですが、釈然としない気持ちが残りました。

が、後から湧き上がってきたのは、「ああ、あれが『マウンティング』というものなのかも」という気持ち。女性の世界では、しばしば「私の方があなたより上よ！」という優位性アピール、すなわちマウンティングが行われると言われますが、それは男性の世界でも同じ、というよりも、それはそもそも男性の方が得意な行為です。出世した男性は、「奢る」ことによって、優位性アピールにとどめを刺したのでしょう。

## 「俺の凄さ」自慢

昔から男性の世界では、女性の世界よりもずっとあらわに優位性が可視化されていました。どれほどの社会的地位を得たか、どれほどのお金を儲けたかという、ぱっと見てわかる評価軸が、彼等の世界には存在しているのです。そして前章でも書いたように、お金をたくさん儲けたりすると、美しい妻などの素敵なオマケも、ついてくる。

対して女性の世界では、それらの評価軸が今一つ見えにくい時代が続きました。カオの美醜やモテ具合、夫の地位や経済力、自身の地位や経済力、子供の偏差値……等、細かい物差しがたくさんあるために、複雑なテクニックを使用して「私の方が上」というちまちましたアピールをしてきたのではないか。

久しぶりに男の世界を見て、彼等の「俺の方が上」と知らしめたいという気持ちは、今も昔もさほど変わってはいないのだなぁ、と思った私。ＩＴ化だのグローバル化だの草食化だの、様々な変化が男の世界に訪れていても、「上に行きたい」「上であることを自慢したい」という欲求は、そう簡単に消えるものではないらしい。

女の世界では、同い年くらいの友人達が集まった時、もし一人が高い社会的地位を得ているお金持ちだったとしても、

「ここは私が」

と、全員分を支払うということはありません。そこには専業主婦もいればパート主婦もいれば派遣社員もいる、となった時に、もしも一人が奢ったりすれば、あからさまな

収入自慢になってしまいます。背景にデリケートな事情があるからこそ、実際の経済状況はどうあれ、女性同士の場合は割り勘が常。その点、男性の方が「上の人にひれ伏す」ことには慣れているのかもしれません。

兼好法師も「徒然草」において、男の「上自慢」に対する嫌悪感を示しています。たとえば飲み会の席において、「わが身いみじき事ども、かたはらいたくいひ聞かせ」るような人を、悪し様《あざま》に書いているのです。

「わが身いみじき事」とは、自分の優れている部分のこと。「かたはらいたし」とは、傍《かたわら》にいるのが恥ずかしくなってしまうような感覚の意ですから、まさに「聞いているのが恥ずかしくなるほど、自分自慢をしてしまう人」に、兼好法師は呆れているのです。

飲み会の席で、「俺の凄さ」について語らずにいられない人は、このように昔から存在していました。そしてそれを傍で聞いている人は、昔から「恥ずかしい」と思っていた。

嫌味たっぷりに兼好法師が書いているにもかかわらず、今に至るまで「俺の凄さ」を語らずにいられない男性は、存在し続けています。ということは、その手の人はこの先もすぐにはいなくならないに違いない。

徒然草で「俺の凄さ」を語る人に対するうんざり感が記されるのは、一箇所ではありません。別の部分では、自らの知識を披露せずにいられない高齢者に対して、「いかが

なものか」と書いています。年をとったならば、たとえ知っていることについてでも、

「今は忘れにけり」

などと、つまり「もう忘れちゃったなぁ」と言っているのがよいのだ、と。

これもまた、現代に通じる部分です。出世自慢をすることができる現役のうちはまだいいとしても、華やかなりし過去のことを語らずにいられないリタイア世代を、しばしば見るもの。

今、企業戦士としての武勇伝を下の世代に語らずにいられないおじいさん達は、自分達が若い頃、かつて日本軍の兵士だったおじいさん達から戦争時代の武勇伝を何度も聞かされてイライラしていた世代。人のフリを見ていても、なかなか我がフリを直すようにはならないのであって、

「今は忘れにけり」

の域に達するのは、よほど難しいことなのでしょう。

## 焦燥感からのアピール

兼好法師が田舎の人に対して厳しいことは以前もご紹介しましたが、徒然草を読んでいますと、「俺って凄い」と言わずにいられない人には、ある種の法則があてはまる気

がしてきました。高齢者や片田舎の人というのは、いわば中央から外れたところにいる人。その手の人ほど、「俺の凄さ」を語らずにはいられないのではないでしょうか。

中央の、さらにど真ん中にいる人であれば、その偉さや凄さを自分でアピールしなくとも、他人が無条件で認めてくれるもの。しかし既に社会の中枢にいるわけではない高齢者、はたまた地理的に中央ではない所から来た人などは、その「中央から外れている」という焦燥感からつい、アピールをしてしまう……。

現代においても、同じ事が言えましょう。高齢者の過去の栄華自慢は言わずもがな。京都の人は今も、

「東京の人って、ほんまに京都が好きやなぁ。私らよりも、よっぽど京都のことをよく知ってはるわ〜」

などとニヤニヤしながらおっしゃるものですが、それも東京という片田舎から出てきた者ほど、「自分はこんなに京都のことをよく知っている」と、京都の人の前で怖いもの知らずの自慢をしがちだからなのです。

考えてみれば冒頭に記した飲み会において、出世臭を漂わせつつ奢ってくれた人も、出世したとはいっても、まだポジション的に上り詰めたわけではありませんでした。本当に組織の中枢部に行くことができるかどうかは、これから決まるという感じ。その中途半端さ故に、彼は「俺って偉いんだよね」という主張をしたかったのでしょう。

本当に頂点まで行った人からは、えてして「俺って偉いんだよね」という出世臭は漂わず、無臭なものです。ま、トランプさんとかは違うのでしょうが。

また最初から出世することが当たり前の立場にいる人、たとえば歴史あるオーナー企業の創業家に生まれた息子のような人で、出世自慢をする人も、見たことがありません。彼等にとって、出世は当たり前。若くして責任ある地位を任されるわけですが、皆どこか含羞《がんしゅう》をもって、その地位に就くものです。

対して庶民からのたたき上げで、頑張って地位を得た人にとって、その地位は珍しい玩具のようなものなのでしょう。彼等が玩具を見せびらかす様は子供のようで可愛らしくもあるのですが、しかし実際は既におっさんであるため、可愛さよりも恥ずかしさが勝ってしまうのです。

兼好法師も、そういった意味では非常に恥ずかしがり屋でした。彼は、出世コースに乗ることが叶わずに、出家した人。おそらく出世への願望も持っていたはずで、だからこそ他人の自慢が気になるのではないか。

彼は、

「他にまさることのあるは、大きなる失なり」

とも書いています。他人より優れたところがあるというのは大きな欠点なのだからして、そんなところは忘れていた方がいいのだ、と。

それはよくわかるけれど、なかなかそうはできませんよね、ということは、兼好法師自身が示しています。随筆などというものを書くこと自体が自慢行為に他ならない上に、徒然草には、あからさまな自分の自慢話もたっぷりと書いてある。「俺って凄い」ということを言わずにいるのは本当に難しいことなのだと、この随筆は表現しているのです。

## 女性からも出世臭

今は、男性達にとってはつらい時代です。「女は、男を立てるもの」と女性達が教わっていた時代は、「俺って凄い」というアピールを男性がしたなら、優しい女性が、「わー、凄ーい！」

などと、心地よい合いの手を入れてくれたはずです。そんな女性達が存在し続け、男性を甘やかし続けてきたからこそ、彼等はアピール行為の恥ずかしさに気づかずにきたのです。

しかし時代は変わり、女性は自分も「立て」てもらいたくなっています。そんな時に男性からアピールされても、せいぜい、

「そうなんだ……」

と、スマホをいじりながらつぶやくくらい。明らかに、男性が期待している反応では

ありません。

今は、男性が下手に自らの優位性を誇示してしまうと、セクハラやパワハラにも問われかねなくなっています。本当に「恥ずかしい」ことになってしまう可能性もあるのであって、アピールもまた慎重にしなくてはならない。

男も女も無い、という今の時代。……ではありますが、その差異は確実に存在し続けているのだと、私は思います。恥の感覚についても男女で異なるのであって、中でも特に異なるのが、こういった「凄さ」「偉さ」にまつわる部分なのではないでしょうか。

多くの男性達は、何だかんだ言ったところで、周囲から「凄い」「偉い」と思ってもらいたいという希望を持っています。だからこそアピールをするのでしょうが、そこから「この人、偉いって思ってもらいたいんだな」という意図が丸見えになっていることは、気にしない模様。

私の親世代では、そんな意図を十分に承知した上で、女性が男性を「立て」ていました。我が両親などもそうでしたが、妻が少しでも夫を立てることに失敗すると、

「俺に恥をかかせた」

などと怒り出す夫もいたもの。そこで怒るということ自体、自分の力で立っていないことの証明となって恥ずかしくないのかしら。……などと私は子供として思ったものですが、その頃の男性には、女性から立たせてもらっていることが恥ずかしいという感覚

は、なかったようなのです。

対して女性の場合、男性のように「偉い」「凄い」と思ってもらいたいという感覚は薄いのではないか。……とも今までは思っていたのですが、しかし最近は、そうでもないような気がしてきました。高キャリアで高収入の女性が増えてきた昨今、彼女達からも非常に男っぽい出世臭が漂っているのを感じることがあるのです。また既にリタイア世代となった元キャリアウーマンからは、かつて偉かったおじいさんによる栄華自慢と同じ臭いが感じられることも……。

ということは、その手のアピールは、何も男性特有の行為ではないのでしょう。今までは、仕事の世界に進出している割合が少なかったので、マウンティング遊びで満足していた女性達。しかし仕事という土俵に立って成功すると（本物の土俵には入れませんが）、やはり「偉い」「凄い」と、言ってもらいたくなるのです。

女性の出世臭を嗅いだ時、加齢臭は中高年男性特有のものだと思って安心していたら、

「女性でも臭う人、いますよ」

と言われた時のような、そこはかとないショックを受けた私。やっぱり既に、男だからとか女だからといった差異など消滅しているのかもしれず、自分もその手の臭いを漂わせないようにせいぜい気をつけなくては、と思うのでした。

# 死に支度

　人は死ぬと、ひたすら「見られる側」になるのだなぁと、家族を看取る度《たび》に思います。死者は、もう「見る側」には立ちません。また、「どのように見られたいか」と考えることもしない。亡くなった状態のまま、遺族等にしげしげと見られ続け、

「穏やかな顔をしている」

とか、

「意外に○○叔父さんに似てるわね」

などと言われることになるのです。

　人が死んでからの一連のイベントは、主役である死者が、その運営に携《たずさ》わることができません。遺された者が、「故人はこう思うのではないか」と推測しつつ、事を進めて

いくことになるのでした。

たとえば、遺影。最近の意識高い系の高齢者は、自分の好きな写真を使ってもらいたいと、生前から遺影を撮影しておくのだそう。しかし急に亡くなってしまったり、死ぬことを考えるのが怖かった人の場合は、遺族の思い一つで、遺影が選ばれます。故人としては「もっと他にもあったよね……？」と言いたくなるような写真が選ばれることも、あるのではないか。

また葬儀の時、遺族が故人の友人などに、

「会ってやってくださいますか？　〇〇さんには会いたいと思うんです」

などと声をかけてお棺の許《もと》へと導く、といったシーンがあります。顔の部分が観音開きになっているお棺の上から、死者は生者に見られることになるわけですが、遺族や友人としては、まだ死者を死者として認めたくない気持ちを持っているため、その行為はもちろん、「見る」ではなく「会う」と表現される。

しかしその時、本当に故人が〇〇さんと会いたい、もしくは自分の遺体を〇〇さんに見られたいと思うかは、神ならぬホトケのみぞ知ることです。「〇〇さんのことは本当は嫌いだったのに」とか、「遺体など誰からも見られたくない。何だか晒《さら》し者みたい。〝死んじゃって可哀想〟っていう生者の上から目線が嫌」と故人が思っていたとしても、その手の判断は遺族などの生者に一任されてしまうのでした。

死して後、数日以内に遺体は荼毘《だび》に付されるのが常ですから、遺体がひたすら「見られる」存在でいる期間は、そう長くはありません。が、荼毘に付されて納骨され、物理的な存在感がなくなった後も、死者は生者から見られ続けるのでしょう。「あの人は、ああいう人だった」「こんなことをしていたものだ」といった回想は、生者の好きなように為される。故人は、

「うそうそ、そんなことしてないって！」

と否定することはできないし、新たなイメージづくりをし直すこともできないのです。ですから遺体と対面する度に、「こうなった時に恥ずかしくないようにと、人は生きていくのかもしれない」と思う私。そして、「子をなすということは、自分の遺体を安心して任せられる存在をつくることなのであるなぁ」とも思うのです。

「その人の人生は死に方にあらわれる」

などと言う人もいますが、死して後、主体的な行為を何一つできなくなっても堂々とあり続けられるというのは、やはりよい人生を送ったということなのかも……。

## 介護される側のエチケット

子供がいない私は、自分が死して後、遺体をどのように扱ってもらうかを、生前に自

分で決めておかなくてはなりません。それも、ある程度心身がしっかりしているうちに、考えなくてはならない。

実際は、人は死によって突然、主体性を失うわけではありません。皆が憧れるピンピンコロリのぽっくり死ができる人は、そう多くない。ほとんどの人は、老いや病によって次第に自由を失っていき、その先に死があるのです。

その場合は、人は死の前から既に「見られる側」になっているケースが、多いのでした。身体の自由が徐々に失われれば、他人の介助が必要になってくる。お年寄りや病人の面倒を「看る」とは、「見る」ことでもあるわけで、病などが重篤になればなるほど、他人から看られる&見られる時間は、長くなります。その時に「どう見られるか」も、自分でコントロールすることは困難なのでした。

中年期以降、自らの死について考える機会が多くなった私なのですが、卑近なところでは、たとえばムダ毛など処理しつつ、「死に際して、この手のことはできなくなるのだろうな」と思うことがあります。重病で瀕死、となったら、ムダ毛の処理どころではなかろう。医師や看護師、そして親族などに身体もしくは遺体を見られた時に、「あ」と思われるのは恥ずかしいから、今から永久脱毛をしておくべきなのかしら、などと。

「もうその頃になったら毛なんかはえてこないだろうから、大丈夫なんじゃないの?」とか、

「病院の人達は慣れてるから、患者のムダ毛にいちいち反応しないと思うわよ」
といったポジティブな意見もありますが、しかし毛というのは意外としぶといからなぁ。

……などと思っていたら、新聞で「自身の介護に備え脱毛」という記事を発見しました。老後に介護される時のことを考えて、「デリケートゾーン」（性器およびその周辺部のことを最近の若者はこう言う、と松本修『全国マン・チン分布考』に書いてあった）の毛を脱毛しておく四十代～六十代の女性が増えている、ということではありませんか。その手の脱毛行為を、「介護脱毛」というのだそう。

しかしそれは、「ありのままだと、介護される時に恥ずかしいから」という理由で為されるのではありません。デリケートゾーンの毛、すなわち陰毛をありのままにしておくと、介護が必要となった時に清潔を保つのが大変であり、介護者に負担をかけてしまうとのこと。だからこそ、脱毛用語で言うところの「V」「I」「O」における、「I」や「O」（意味がわからない方は、脱毛サロンのサイトを見てみてください）の脱毛が重要になるのでしょう。

介護脱毛をする人は、すなわち自分の恥ずかしさのためでなく、「介護者に不快感を与えないように」という配慮をしているわけです。ある六十歳の女性は、両親の介護を経て、

「衛生面や、エチケットのためにも『やっておかないと』と思いました」

と語っていました。

この記事を見て私は、感慨と焦燥を覚えたことでした。デリケートゾーンの脱毛というと、性行為や水着着用時のためにするものという頭がありましたが、それが介護される時の「エチケット」になりつつあったとは。この動きが広まったなら、そのうち脱毛をしていない高齢者は、シモのお世話をしてくれる介護者から「うわっ、ありのまま」と、嫌な顔をされるのか。そうなったらもう、脱毛にも保険を適用してほしい……。

これからはどんどん高齢化が進み、若者は減る日本ですから、介護される側は、少しでも「介護されやすい自分」になっていかなくてはならないのでしょう。単に「かわいいおばあちゃん」になるだけでなく、股間もつるっとさせて、愛され高齢者を目指さなくてはならないのです。

## 親の家から恥ずかしいものが

デリケートゾーンの脱毛については考えることを先延ばしにしている私ですが、死んだ時にどう見られたいかについては、そろそろ考え始めるお年頃。その時に思い起こすのは、母親のことなのでした。

亡き母は、突然倒れた翌日に他界するという、〝ほぼポックリ死〟でした。つまり母には、「死を予感して準備をしておく」といった時間が全く無かったのです。

ですから私は、母が住んでいた家の整理をする時、少し緊張したものです。子供にとって、何かとんでもなく恥ずかしいものが発掘されてしまい、

「お母さん、これって……」

と途方にくれるのではないか、と。

しかしどの棚を、そしてどの引き出しを開けても、恥ずかしい物品は出てきませんでした。昔の泥沼恋愛の記録も、恥ずかしい写真も、恥ずかしい本もグッズも、無し。

私は、少し拍子抜けした気分になったものです。アグレッシブなお色気下着など、一つや二つは、謎の物品や赤面グッズが出てくるのではないかと思っていたのに、いたってまっとうな遺品の数々だったから。最近、親の生死にかかわらず「オヤカタ」、すなわち親の家の片付けを迫られる友人知人が多いのですが、「父親が蔵に溜め込んでいた昭和のエロ本コレクション」とか「母親が一部屋にぎゅうぎゅうに詰め込んでいた大量のトイレットペーパー」といった話を聞いていると、我が家のオヤカタはたいそうあっさりしていたもののよ、と感謝の念を深めるのです。

突然のことだったにもかかわらず、特に恥ずかしくなく世を去った我が母に対して、もしも自分が今この瞬間、突然死したら。……と考えると、死んでも死にきれないほど

恥ずかしいものが遺されることになります。エロ本の数々。脱いだままの形で放置されているタイツ。冷蔵庫の中も仕事机も、見られたくない！　いわんやパソコンの検索履歴をや！

そのようなことを考えていたら、人間が自分のことを主体的に扱うことができる時間は案外短いような気がしてきました。人間は子供の頃もまた、徹底的に「見られる側」にいます。赤子は皆、襁褓《おしめ》を当てられてそれを大人に交換してもらうわけで、どこもかしこも人目に晒さなくては、生きていくことができない存在です。その頃に羞恥心《しゅうちしん》など持っていたら、赤子として大人に世話をしてもらうことは不可能ですから、人は生まれてからしばらくの間、羞恥心から自由でいられる時を過ごすのです。

少し成長し、ようやく自分のマタは自分で拭けるようになって、人は「見られたら恥ずかしいところ」を意識し、「見せたくない」「知られたくない」といった羞恥心を持つようになるのでした。やがて思春期にもなれば、やたらと色々なことが恥ずかしくてたまらなくなってくるという、人生における羞恥曲線のピークを迎えることに。

私もその頃は、たいそうシャイな少女だったものです。人前に出るなど、もってのほか。授業中に発言するのですら、声が震える。第二次性徴を迎えた身体の部位のあちこちも恥ずかしくて、人に見せたくない。……というように、過剰な自意識でがんじがらめになっていたものでしたっけ。

しかしさらに成長する中で、人は恥ずかしさを乗り越える必要が出てきます。恋愛などという行為は、心身の公開を恥ずかしがっていたら、できるものではありません。恋愛相手には、襁褓の交換以降、誰にも見せていなかった自分のマタすらも公開するようになるのです。

羞恥心を乗り越えることによって、人は大人になるのでしょう。私もふと気がつくと、昔は他人に道を聞くことすら恥ずかしくてできなかったのに、今は人前でちょっとしたお話をする時でも、全く緊張や羞恥を感じていない自分に気がつくのです。話しながら、「あれ、全く恥ずかしくない。どうしてなのだろう」と自分でも不思議に思うのですが、それは「成長」であると同時に、「スレる」ということでもあるのかも。

今までしでかした恥ずかしい行為の数々の記憶も、薄れつつあります。恥を溜め込んでいる壺の蓋《ふた》がたまに開くと舌を嚙んで死にたくなりますが、そんな機会も減ってきた。もちろん年をとればとったで、別の意味での恥ずかしさは発生します。シミだのシワだのといった老化現象を他人に晒すのは恥ずかしいものですし、昔は天然ボケのフリをしていた行為が、今や加齢によるボケにしか見えなくなっているというのもまた、恥ずかしい。

しかしさらに年をとれば、そういったことについても「まぁ、仕方がない」という諦念が浮上するのです。特に今は、おそらく一時の美魔女ブームに対する揺り戻しなのか、無理せず自然に老いていくという動きも、強くなってきています。「自然に老いる」という流れがこのまま続けば、老いを恥じずに済む雰囲気も、強まるのかもしれません。

## 羞恥心は生命力のバロメーター

若い頃は、恥を知らぬかのように見える年上の女性達に対して、「ああはなりたくない」と思っていました。と言うより、こんなにシャイな自分があのようになるわけがないと思いつつ、電車の中で大声で話すおばさん達を冷たく見ていたのです。

しかし恥の感覚もまた、生きていくうちに変化するもの。「なるわけがない」と思っていたものに今、見事になっている自分がいます。何でも恥ずかしくてビクビク生きていた若い頃より楽でいいとも思いますし、

「この年でいちいち恥ずかしがっていたら、周りからイラつかれるわよねぇ」

といったおばちゃんトークをしても、もう恥ずかしくない。

羞恥心がすり減ってきたのか、恥ずかしさに対する耐性がついてきたのかは、わかりませんが、とにかく若い頃より「恥ずかしい」と思うことが減ってきた今となって思うのは、

「これは死への助走なのではないか」

ということ。

死んだら自分も、ひたすら「見られる側」になるわけです。老いた肉体のみならず、その生き様も、

「いじわるな人だったわねぇ」

とか、

「顔ではにこにこしていても、何を考えているかわからなくて怖かった」

などと、様々な見方をされるでしょう。人生の終わりが近づいてきた時、そのようなことを考えだしたら恥ずかしさのあまり死ぬのが怖い、ということにもなりそうですが、しかしきっと、そうはならない気がするのです。

思春期の頃には針が振り切れそうになっていた、恥への感度。それが次第に鈍くなっていき、いよいよ死に際しては、感度計の針はもう、何事にも動じなくなっているのではないか。赤ちゃんが襁褓を替えてもらう時にテレたりしないのと同様に、神様は死に際しても人間から、余計な羞恥心をとりのぞいてくださるのではないか。

……などという淡い期待を持っているのですが、恥から本当に自由になることはなかなかないのだろう、とも一方では思うのでした。身体の自由が利《き》かなくなり、誰かに襁褓を替えてもらう日が来るかもしれませんが、その時にもしも意識がしっかりしていたら、それはやはり恥ずかしいであろう。老いたマタを晒す時に泰然としていられる自信

はないのであり、「やっぱり、介護脱毛をしておけばよかった」などと思うのか。

羞恥心とは、自分がどのようにありたいか、周囲にどのようにあってほしいか、という意識の裏返しなのでしょう。だからこそ、理想と現実の乖離《かいり》が激しい思春期の羞恥心は激しいのであり、年とともに理想を追い求めなくなってくると、羞恥心もまた減少してくる。

ということは、羞恥心とは、生命力のバロメーターでもあるのかもしれません。まだまだこの先、

「そうきたか！」

と思うような予期せぬ恥に見舞われる時は多々あろうかと思いますが、それが生きていることの証《あかし》だと覚悟を決め、しかと受け止めたいものだと思います。

# おわりに

「恥ずかしさ」とは、どのような時に感じるものなのか。……と考えてみますと、そこには確実に「他者」が存在していることがわかります。自分一人だけで、誰ともコミュニケーションを取らずにいる時は、「恥ずかしい」とは思わないのです。

例えば、家で一人でいる時は、衣服がどれほどだらしなくともダサくとも、恥ずかしくはありません。しかし、その格好で外に出るのは恥ずかしいわけで、他人の視線を意識して、人は衣服を整えることになる。

一人でいる時は、衣服など身につけていなくとも、恥ずかしくありません。自分の視線をはね返す鏡という装置の前では、一瞬「えっ」と思うものの、その時に感じるのは恥ずかしさではなく、自らの肉体をまじまじと見たが故の驚愕やら嫌悪。全裸でのしのし歩いても、一人であれば何ら恥じるところはないのです。

が、そこに「ピンポーン」と宅配便のお兄さんが来たなら、どうでしょう。全裸で荷物を受け取るのは恥ずかしいわけで、急いで衣服を身につけるのが一般的。全裸のままで荷物を受け取るのは、何か特別な主義主張のある人か、ＡＶの中だけです。

恥ずかしさをある程度共有できるのが、一つ家に住む家族ということになりましょう。裸体のみならず、ノーメイクの顔、下着、排泄音等も、家族にはさらすことになる。すり切れた部屋着も、寝起きの顔も、家族であれば見られても平気。日本の夫婦が結婚後、早い段階でセックスレスになりがちなのは、この恥の共有によるところが多いのではないか。

「一歩うちに入ったら、恥ずかしさは激減する」という感覚が特に強いのが、日本人であるように思います。ヨーロッパに住む知人が、

「こちらでは、家はいつも隅々まで綺麗にしておくのが普通で、いつ誰がアポなし訪問してきても、動じることはない」

と言っていましたが、いつでもアポなし訪問を受け入れられるように家をキープしている日本人は、そう多くあるまい。「家、ついて行ってイイですか？」という番組（一般の人にテレビスタッフが突然声をかけ、家についていく）が私は好きなのですが、スタッフが一緒に来て、そのまま「どうぞ」と家に上げられる人は、よほど几帳面で常に

家が片付いている人か、もしくはちょっとやそっとでは片付けられない汚部屋に住んでいる人。多くの人は、

「少し待っていてくださいね」

と、数分から数十分、家を片付けてから取材者を招き入れるのです。

私も当然そちらのタイプで、来客時のみ、家を必死に整えています。普段は食卓の上にも本やら郵便物やらが溢れかえり、とても人様にはお見せできない。亡き両親の写真の前では、死者の視線を意識して、多少恥ずかしい行為を自粛する傾向にある私ですが、「家をちらかす」は、自粛の範囲には入っていないのです。

そんな私がいざ来客という時、地を這うように掃除をしながら思うのは、「我々のセンス・オブ・シェイムというものは、このあたりの感覚と深くかかわっている気がする」ということなのです。やはり我々の行動は、恥の感覚によって規定されているのではあるまいか、と。

神の視線の有無云々、という話まで行かなくとも、ヨーロッパでは、家は外から見られている、と言うよりは「見せている」意識があるため、夜になっても窓のカーテンを閉め切らないと言います。窓枠を外から見える額縁のように捉えて、洒落た装飾品を窓辺に置いたりもするのだそう。対して我々は、外から見られるなどとんでもないわけで、夜になったらカーテンを閉め切っておきたい。

つまり我々は、ウチとソトを厳密に分けておきたいのです。「世間」から後ろ指をさされないようにと常に意識し、家から一歩出たなら、外面や外聞や面子を気にし続けるのが、我々。

家に戻るとその疲れがどっと出るのか、服を脱ぎ散らかして下着のような格好になっても平気。欧米の人って、よく家の中で靴を履いていられるよね……などと思いながら、ソファにあぐらをかいておかきを齧《かじ》る、と。

ウチとソトを厳密に分ける傾向は、今より昭和時代の方がもっと強かったように思います。昔は「よそゆき」「普段着」という言葉があって、うちにいる時はボロい服を着ていても、「よそ」つまり家の外に行く時は一張羅《いっちょうら》、という区別がありました。昔のお母さん達は、電話（もちろん固定の方）がかかってきたなら、

「はい〇〇でございます！」

と、普段よりも一オクターブ高い、よそゆきの声で出ていたのです。

その頃よりは、ウチとソトとの差は縮まってきました。昭和の日本には、気のきいたカジュアルな服が少なかったので、家に戻ると、下着のような服とかジャージに着替えたわけですが、今は、安くてカジュアルでそこそこおしゃれなファストファッションが簡単に手に入るように。家でも恥ずかしくない格好でいられるようになったと同時に、よそに行く時も、気張ったおしゃれをしなくなったのです。

家庭の中に他者の視線が入り込んできたことによる変化も、見られます。とはいっても、ヨーロッパのように家自体を「見られるもの」として捉えるようになったとか、はたまた神様の視線を意識するようになったとかということではありません。

家庭に入ってきた他者の視線とは、ネットを通じたものです。ネット社会になって以降、他者が家の中にいなくとも、人々はネットを通じて、プライベートな部分を他者に見せるようになってきました。

ネットを通じて多くの人々に見られることによって、生活を活性化させている人は、少なくありません。子供の弁当を作るのは大変なことですが、しかし、「毎日の弁当の写真をSNSにアップする」と決めたなら、作る気も刺激されるというもの。友達がランチ時に来る時も、その様子をアップするとなれば、宅配ピザでなく、凝った手作り料理となる。その手の人達は「見られる」というよりは「見せる」ことによって、他者の視線を家事の動機付けにしているのです。

SNSにアップすることを励みにしている人は、時として視線によって苦しむこともあるのでした。視線を動機として家事をしていたはいいものの、視線を意識しすぎて、ピンセットで弁当を作るような超絶技巧に走って疲弊したり。ホームパーティーの献立に凝りすぎて、費用がやたらとかかってしまったり。

とはいえ、好きな時に視線をシャットダウンすることができるのは、ネットの良いところです。自分から見せなければ、ネットのあちら側の人々は、勝手に覗き込むことはしないのですから。

「中年とSNS」の章では、自分の生活なり過去なりを、SNSを通じて積極的に他者に見せるという行為について、記しました。友人知人達の自意識の持ち方をそこで初めて知って戸惑いと恥ずかしさを感じたことが、この本を書くきっかけの一つでもあったのですが、この回が文春オンラインに転載された後、ふと気がつくとやたらと拡散されたのは、意外な出来事でした。

ネット社会に親しんでいない私は、この現象に接して、戸惑ったものです。特定の誰かについて書いたわけでなく、しばしば見られがちな事例を一般化して書いたつもり。……なのですが、中には「自分のことを書いた」と怒っている様子の人もいた。

「こ、これっていわゆる炎上というやつ？」

と編集者さんに聞くと、

「違いますよ！　バズったんですよ！」

と生き生きと答えてくれたのですが、しかし自分が書いた文章が予期せぬスピードで広がっていく様は、怖いと同時に、たいそう恥ずかしかったものです。

この感覚は、やはり私が昭和人だからこそなのでしょう。もっとネットに親しんでいる人であれば、自分の文章が拡散していくスピード感を、楽しむことができたはず。

かつて、自分の書いた本が予期せぬほどのスピードで売れていったことがありましたが、その時は「えっ」とは思ったものの、ネットで文章が拡散していく時のような恐怖や羞恥は、感じませんでした。本が売れたという事実を聞いても、実際に売れている現場を目にするわけではなく、「多くの人に読まれている」という実感は、さほど強くなかったのです。

対してネット上での拡散状況は、パソコンを開けば、ふとした瞬間に目に入ってきました。ちらとSNSを見てみたら、自分の文章がシェアされていて、知らない人達が、そこにコメントをつけていたりもしている。それが恥ずかしいのと怖いのとで、私はしばらくSNSが見られないようになったのです。

拡散の様子は、普段は私の書いた文章などに全く興味を示さない友人知人の目にも入った模様です。

「すごい出回ってるね」

「大丈夫?」

といった声が届き、「ネットって怖い!　魂とられる!」という気分に。

いやしかし、物書きという仕事についているのだから、自分が書いた文章が多くの人に読まれるのは喜ばしいことではないか、という意見もあります。編集者さん達も、拡散をめでたいこととして受け止めているようだったし。

それもそうだ……ということで、拡散を恥ずかしく思う背景について考えてみると、そもそもなぜ自分が文章を書いているのか、ということに突き当たるのでした。

私が文章で口に糊《のり》している理由は、書く方が話すよりも得意だから。人と相対して話すことは恥ずかしくて苦手だけれど、文章ならのびのびと書くことができる。書いている時に「この文をあの人に読まれたら」などということは考えませんので、思うままに自分を解放できる。その楽しさが、物書きになった根本にはあるのです。

本書には、エッセイを書くのはストリッパー感覚、とも記しました。裸を見せるのが不特定多数の相手だと思うと、恥ずかしくないのだ、と。

しかし拡散事件を経て気づいたのは、私は「書くことは恥ずかしくないが、読まれることは恥ずかしい」という事実でした。

仕事はいつも一人で行いますので、「書く」という作業中に、他者の視線は介在しません。ですからたとえどんなにゲスな内容であろうと、書くことは恥ずかしくないのです。それが活字となって世に出回っても、本や雑誌が読まれている現場には立ち会わないので、平気だった。

しかしネットでは、そこに読んでいる人が存在することが、可視化されます。その反応も、すぐに見えたりもする。活字媒体であれネットであれ、文章を発表すれば読者がいることは当たり前だけれど、その当たり前のことについて私は今までずっと、見て見ぬふりをしてきたのです。

思い起こせば私がデビューした当時は、パソコンはもちろん、ファックスも家に無い時代でした。原稿は編集者さんと会って手渡しし、編集者さんは、渡した原稿をその場で読んでいたのです。原稿用紙に手書きという生々しい原稿を目の前で読まれる沈黙の数分は、裸を見られるよりも恥ずかしかったものでした。

が、その恥辱の数分の後に、

「面白い！」

などと言われると、無性に嬉しかったもの。恥ずかしさをくぐり抜けることによって鍛えられた何かが、あったのかもしれません。

その後、通信手段の発達によって、仕事は編集者さんと顔を合わせずとも進むようになりました。パソコンで原稿を書いて送れば業務は終了、目の前で原稿を読まれることは無い。それもあって私は、「読む人」の存在を忘れて、つまり書くということにつきまとう恥ずかしさを引き受けずに、文章を書き続けていたのです。

そんな中でネットは、書くことの恥ずかしさを、久しぶりに私に突きつけました。「恥ずかしさ」について書くことによって、逃れ続けてきた「恥ずかしさ」のことを、私は思い出したのです。

生きることの恥ずかしさに打ちひしがれた時、私は一人になりたくなります。ただ一人、誰からも見られずにいれば、自意識は肥大化もしなければすり減ることもなく、恥ずかしさから無縁でいられるのですから。

しかし我々日本人は、他者との摩擦から恥ずかしさを感じることによって、「生きている」という実感を得ているのかもしれません。他者の視線を敏感に察知して恥を感じ、それによって自らを律するという手法は、狭い上に資源が豊かなわけでもない国土に多くの人が暮らし、体格にも恵まれないという我々が編み出した、生活の知恵なのではないか。

恥ずかしさに縛られて、しばしば身動きが取れなくなるのも、日本人の特徴です。が、我々が諸外国の人よりも繊細な羞恥心を持っているのだとしたら、その時に恥から逃亡するのでなく、相対してみるのも、身動きを取るための一つの方法なのではないか。

この本を書くことによって、生きることも書くことも恥ずかしい、ということに久しぶりに気づいた私。年をとって恥への耐性も身についたことですし、改めて自らの恥ずかしい部分をじっと見つめて、嫌な汗を流してみたいものだと思っています。

最後になりましたが、文庫版の刊行にあたっては、文藝春秋の池延朋子さんに大変にお世話になりました。最後まで読んでくださった皆さまへとともに、御礼申し上げます。

二〇二二年　初夏

酒井順子

# 文庫化記念対談　ゲスト・小林聡美さん

写真　深野未季

## 「『大丈夫。誰もそんなに気にしてないから』っておまじないを唱えてます（笑）」

酒井さんが、「恥」についてお話を伺いたい！
とラブコールを送ったのが小林聡美さん。
俳優という人前に立つお仕事ながら、
「恥ずかしい」という思いを
ずっと抱き続けているという小林さん。
いつも新鮮で、唯一無二の存在感の秘密は
そこにあるのかも……？

**酒井**　唐突ですが、今日は小林さんの〝恥ずかしい話〟を伺えればと思うのですが……。
**小林**　もう毎日恥ずかしいことだらけです（笑）。
**酒井**　性格的に、恥ずかしがり屋さん？
**小林**　もともと注目されるのはあまり得意じゃないです。三人きょうだいの真ん中で、子どもの頃は主張しないとスルーされがちだったので、それなりに自己アピールしていたと思うんですけど、いざ注目されると「あ、私はいい……」みたいな（笑）。
**酒井**　なるほど、中間子だからこその性格……。学校では、人前で何か発表したりすることは得意でしたか？
**小林**　得意ではなかったですけど、自分が指名されて順番が来たら、ここでゴタゴタいわずにだまってやればこの場が丸くおさまるなと思って……。
**酒井**　ほとんど義侠心ですね（笑）。では、そんな性格の小林さんがお芝居に興味を持ち始めたのはどんなきっかけだったのでしょう。
**小林**　十三歳くらいのとき、昔、よく新聞のテレビ欄の下に「新人俳優募集！」みたいな広告がありましたでしょう。その中から安心そうな俳優さんがいる事務所を選んで

（笑）、友達と応募したのがきっかけです。テレビドラマが好きだったから、ちょっと面白そうだと思ったんでしょうね。クラスの発表会でみんなでお芝居をして、バカなことをやってワイワイ盛り上がるのも結構楽しんでました。ただ、「私を見て……！」みたいな恍惚感はまったくなかったですね。ほとんどドリフ気分でした。

## 自然体のお芝居の秘密⁉

**酒井**　俳優さんだからといって、人前で何かをすることが得意な人ばかりではないわけですね。となると、演じることにつきまとうと思われる恥ずかしさを、どうやって克服されてきたんですか？

**小林**　いや、今も克服できてないです（笑）。二十代の頃は、まわりを見渡すと綺麗な方ばかりだし、かたや自分は見た目も愛想もよくないし、どうも私、場違いな世界にいるなあ、ってずっと思ってました。それが、「あれ、意外とそんなにみんな人のこと気にしてないかも」って気づき始めたのが三十代過ぎて。最近はもう「誰も人のことなんて気にしてないから

大丈夫！」という心境に至りました。

**酒井**　加齢による羞恥心の克服……わかる気がします（笑）。

**小林**　酒井さんは、この本（『無恥の恥』）の中で不特定多数に向けて書いているのはまったく恥ずかしくないけれど、知り合いが自分の本を読んでいると思うとすごく恥ずかしいって書いていらっしゃいましたよね。私も実際にお客さんが目の前にいるのは恥ずかしいです……。お願いだから、帰ってください、って思っちゃう（笑）。

**酒井**　自分の内面をさらけ出すからこそ、相手の顔が見えるのが恥ずかしい。その辺りは演じることと書くことは似ているのかもしれないですね。

**小林**　それから「すべてのエッセイは自慢である」というのも、確かに！　まさにその通り！　と思わず笑ってしまいました。「私ってこういう人間なんです」なんてよそ様にはまったく余計なお世話ですよね（笑）。

**酒井**　書くことも、演じることも自意識と切り離せませんが、小林さんのお芝居は、そういう自意識を感じさせず、自然体なところが素敵です。

**小林**　それは自然体というのではなく、ボロが出ないようになるべく何もしないでいるのを自然体だと思われているのではと最近思うようになりました（笑）。

**酒井**　そんな……まさかのお答え（笑）。でも、小林さんのお芝居がいつも新鮮なのは、ご自身を客観視する感覚と「恥ずかしい」という気持ちを持ち続けているからなのかな、と思います。小林さんはエッセイの名手でもありますが、エッセイでも自然に書かれているのですか？

**小林**　いや、むしろエッセイは、自分の中のやさぐれた部分を奮い立たせて書き殴っている感じです。やさぐれないとできません（笑）。もっといえば、インタビューっていうのも気恥ずかしいです。「素敵なこの人」を紹介する場だから、キラキラしたものを求められるし、「最近はこんなことにこだわってます」みたいな、読者が素敵だと思うようなことを言わなくてはいけない雰囲気があって。「どうしよう、何もないな」なんて思いつつ、多少それっぽいことを言っちゃって、それがまた恥ずかしい（笑）。

## インスタグラムをやらない理由

**酒井**　インスタグラムやツイッターをする芸能人も多いですが、小林さんはいっさいなさってないですよね。

**小林**　友だちが見るインスタはやってますよ、四十人くらいで（笑）。

**酒井**　それはなぜでしょうか？

**小林**　ただでさえ仕事でウソをついてるのに、これ以上盛るのは疲れるなと（笑）。酒井さんもされていないですよね。

**酒井**　してないですね。やっぱり恥ずかしい……。この本の中の「中年とＳＮＳ」という章が文春オンラインに転載されたとき、予想以上の勢いで拡散されて、いわゆる「バズった」のですが、面白いという反応がある一方で、ＳＮＳに連投しているようなタイプの人は怒りのコメントをしていたりして、あまりの反響にビビってしまいました。たぶん、そこに書いた「ＳＮＳが人々の眠れる自慢欲求に火をつけた」というのは、みんな内心で思っていながら言えなかったことだったのかなぁ、と。

**小林**　きっとそうですね。私も二年前にピアノを始めたんですけど、褒めてもらう前提で、友人にプレイの動画を送りつけてます（笑）。「わぁーすごい上手になったね～」って。「褒められる前提」ってメッセージを添えてます（笑）。

**酒井**　でも、小林さんのインスタを見たいという人は多いと思うのですが。

**小林**　いえいえ、ないです。地味で普通ですし……。

**酒井**　北欧調の家具に囲まれて、丁寧な暮らしでパンを焼いていてらっしゃいそうなイメージがあります。

**小林**　なるほど（笑）。家具は、ほとんどないです。

**酒井**　えっ、そうなんですか。

**小林**　ひとりで動かせる家具しか置かないことにしてます（笑）。ベランダのプランターにも虫がこないようにネットをかけたりしてぜんぜんお洒落じゃない（笑）。インスタ映えするガーデニングというのとはちょっと違います。

## いちばん他人の恥ずかしい姿を目撃している職業は？

**酒井**　小林さんは、俳句も詠まれますが、こちらも表現活動のひとつですよね。

**小林**　あ、もしかしたら俳句もある意味自慢行為かもしれないですね。句会でいい句を作って褒められたい、みたいな。表現するって自慢と密接（笑）。酒井さんは、俳句はなさらないんですか？

**酒井**　俳句も自分がそのまま出てしまうから、やっぱり恥ずかしい……。

**小林**　酒井さんは「年をとると恥ずかしいという感情が摩耗してくる」って書かれてましたけど、俳句でもそうですよ。ついカッコいいのを作ろうとか、ちょっとおセンチな句をつくっちゃったりとか、たし

かに恥ずかしいんですけど、「恥ずかしい」という自意識が過剰なのも粋じゃないですからね。「大丈夫。誰もそんなに気にしてないから」っておまじないを唱えてます（笑）。

**酒井**　そう思えるようになるのは、年をとって良かったことですね。そんな中でも最近、恥ずかしかったことってありますか？

**小林**　マスクをしながら「えーっと、私のマスクどこだっけ」って探してたことですね（笑）。一日中マスクを裏返しにつけてたこともあります。

**酒井**　私も昨日、ジーンズのチャックを一日中全開にしていたことに、家に帰ってから気づきました（笑）。加齢で増える恥もありますね。私、世の中でいちばん他人の恥ずかしい姿を目撃している職業は、宅配便の配達員さんじゃないかと思うんです。人は皆、最も気の抜けた姿を配達員の方には晒している。どんな姿を見ても驚いたりせずに平然と対応しているのはエライなぁと思いますね。

**小林**　たしかに（笑）。酒井さんはご自分の恥ずかしかった経験というと何を思い出しますか？

**酒井**　会社員時代の話なのですが、会議中はいつも眠くなって、安全ピンで自分の手を刺したり、コーヒーをがぶ飲みするなどしていたんですね。でも、ある時、コーヒーを口に含んだ瞬間に、寝ちゃったんですよ。その結果、口からバーッとマーライオンのようにコーヒーが……。でも、みんないい人だったので、見て見ぬふりをして淡々と会議を進めてくれました（笑）。

## 生きていることの恥ずかしさ

**小林**　そんな経験を積み重ね、年をとると開き直る術を覚えますよね。突き詰めれば、生きているってこと自体、恥ずかしいんですから。

**酒井**　同感です！　年を重ねるにつれ、やたらと恥ずかしがることはなくなって図々しくはなってきましたが、生きていることの恥ずかしさや、恥ずかしい過去の言動がどんどん浮上してきている気がしますね。自分が存在していること自体が恥ずかしい（笑）。書くことに関しても、若い頃は、「よくこんなこと書いて恥ずかしくないね」なんて言われても「別に〜」と思っていましたが、大人になるにつれ、恥ずかしさが増してきました。自分の書いたものが、印刷されて、残ることを考えると、「果たして自分がこのようなものを書く意味は？」と思う。昔は何も考えてなかったですねぇ。

**小林**　大人になるにつれ、いろいろ配慮することを覚えて、自分の行為が人を傷つけることもあれば、イヤな思いにさせることもあるってわかってきますからね。でも、生きていること自体恥ずかしいんだけど、人間ってそういうものなんだ、っていう大らかさも同時に備わってくる気がします。

**酒井**　そうですね。人間が「恥」とは無縁でいられないという事実が最終的に行き着くところは「死」なのだと思います。身内の死に際していつも思うのは、人が死んでしまったら「見られる」ことしかできなくなってしまう、ということ。自分の身体も死に顔も皆から見られ、所持品も全部人に処分してもらうしかない。そう思うと、「委ねる」という姿勢が年をとるにつれ大切になっていくのかもしれないなって思います。誰にも迷惑をかけないで死ぬのは無理なんですよね。それにしても、自分のお葬式のことを考えると、今から恥ずかしいです。みんなで故人の話をしたりするんですよ……。最後に顔を見てやってください、なんて言われて。やだな……。

**小林**　家族や本当に親しい人ならまだしも、何年も会っていない人だったら微妙ですよね。亡くなった方のほうもギョッとするかも。「見ないで！」って（笑）。

**酒井**　コロナでお葬式の形態もだいぶシンプルになりましたが、いいことだと思います。だって、お通夜と告別式って多すぎません？　２デイズのイベントなんて（笑）。

## 持ちつ持たれつの中で育まれた恥の感覚

**小林**　その土地の伝統や風習にのっとって、ということですよね。日本人の恥の感覚って、小さな島国の中で、持ちつ持たれつ、人の立場を思いやりながら暮らしてきた中で育まれてきた部分もあったんでしょうね。

**酒井**　生きる知恵でもあったのかなと思います。他人から見てどうなんだ、って自分に問いかけながら自分の居場所でちんまり生きていくという意識は、広大な原野で生きている人たちとは違いますよね。最近は日本人の恥の感覚も大きく変わって、昔の親は謙遜のあまり自分の子どもを「豚児」呼ばわりしていたのが、今ではＳＮＳで「ウチの王子」「姫」と、堂々と愛でています。でも、昔の人も「豚児」という言葉に、たっぷりの愛情を込めていたんですよね。わかりにくいけど。

**小林**　愛情はありつつも、含羞があった。

**酒井**　さっき、舞台はお客さんが目の前にいるから苦手とおっしゃってましたが、今年の秋には舞台のお仕事が控えているんですよね（『阿修羅のごとく』）。

あえて舞台上から顔が見えるところに座って、「がんばれ」って口パクしてみようかしら(笑)。

**小林** なんと……。そしたら、私も開き直って酒井さんに目線をバチバチ送ってやる(笑)。

**酒井** 舞台上と客席で、互いに密かにテレ合いましょう……(笑)。舞台、楽しみにしています!

(終)

**小林聡美(こばやし・さとみ)**

1965年生まれ。東京都出身。1982年『転校生』で初主演、その後『かもめ食堂』『めがね』『すいか』など数多くの映画やドラマに出演する一方、『ワタシは最高にツイている』『聡乃学習』『ていだん』など著書多数。2022年公開の『ツユクサ』では、大人の人生にそっと語りかける映画の主人公を演じている。

初出　「オール讀物」二〇一七年四月号～二〇一八年十二月号
単行本　『センス・オブ・シェイム　恥の感覚』
二〇一九年八月　小社刊
文庫化にあたり改題しました。
ＤＴＰ制作　言語社

文春文庫

無《む》恥《ち》の恥《ち》

定価はカバーに表示してあります

2022年7月10日　第1刷

著　者　酒《さか》井《い》順《じゅん》子《こ》
発行者　花田朋子
発行所　株式会社 文藝春秋

東京都千代田区紀尾井町 3-23　〒102-8008
TEL 03・3265・1211(代)
文藝春秋ホームページ　http://www.bunshun.co.jp

落丁、乱丁本は、お手数ですが小社製作部宛お送り下さい。送料小社負担でお取替致します。

印刷製本・凸版印刷

Printed in Japan
ISBN978-4-16-791911-5

（　）内は解説者。品切の節はご容赦下さい。

安野光雅
**絵のある自伝**
昭和を生きた著者が出会い、別れていった人々との思い出をユーモア溢れる文章と柔らかな水彩画で綴る初の自伝。心温まる追憶は時代の空気を浮かび上がらせ、読む者の胸に迫る。
あ-9-7

阿川佐和子
**いつもひとりで**
ジャズ、エステ、旅行に食事。相変わらずパワフルに日々を送るアガワの大人気エッセイ集。幼い頃の予定を大幅に変更して今後は「いつもひとり」の覚悟をしつつ……？　（三宮麻由子）
あ-23-12

浅田次郎
**君は嘘つきだから、小説家にでもなればいい**
裕福だった子供時代、一家離散の日々で身につけた習慣、二人の母のこと、競馬、小説。作家・浅田次郎を作った人生の諸事が綴られた文章に酔いしれる、珠玉のエッセイ集。
あ-39-14

浅田次郎
**かわいい自分には旅をさせよ**
京都、北京、パリ……誰のためでもなく自分のために旅をし、日本を危うくする「男の不在」を憂う。旅の極意と人生指南がつまった、笑いと涙の極上エッセイ集。幻の短篇、特別収録。
あ-39-15

安野モヨコ
食べ物連載
**くいいじ**
激しく〆切中でもやっぱり美味しいものが食べたい！　昼ごはんを食べながら夕食の献立を考える食いしん坊な漫画家・安野モヨコが、どうにも止まらないくいいじを描いたエッセイ集。
あ-57-2

朝井リョウ
**時をかけるゆとり**
カットモデルを務めれば顔の長さに難癖つけられ、マックで休憩すれば黒タイツおじさんに英語の発音を直され。『学生時代にやらなくてもいい20のこと』改題の完全版。　（光原百合）
あ-68-1

朝井リョウ
**風と共にゆとりぬ**
レンタル彼氏との対決、会社員時代のポンコツぶり、ハワイへの家族旅行、困難な私服選び、税理士の結婚式での本気の余興、壮絶な痔瘻手術体験など、ゆとり世代の日常を描くエッセイ。
あ-68-4

（　）内は解説者。品切の節はご容赦下さい。

安西水丸
## ちいさな城下町
有名無名を問わず、水丸さんが惹かれてやまなかった村上市・行田市・中津市・高梁市など二十一の城下町。歴史的事件や人物の逸話、四コマ漫画も読んで楽しい旅エッセイ。（松平定知）
あ-73-1

五木寛之
## 杖ことば
心に残る、支えになっている諺や格言をもとにした、著者初の語り下ろしエッセイ。心が折れそうなとき、災難がふりかかってきたとき、老後の不安におしつぶされそうなときに読みたい一冊。

い-1-36

井上ひさし
## ボローニャ紀行
文化による都市再生のモデルとして名高いイタリアの小都市ボローニャ。街を訪れた著者は、人々が力を合わせ理想を追う姿を見つめ、思索を深める。豊かな文明論的エセー。（小森陽一）
い-3-29

池波正太郎
## 夜明けのブランデー
映画や演劇、万年筆に帽子、食べもの日記や酒のこと。週刊文春に連載されたショート・エッセイを著者直筆の絵とともに楽しめる穏やかな老熟の日々が綴られた池波版絵日記。（池内　紀）
い-4-90

伊集院　静
## 伊集院静の流儀
危機の時代を、ほんとうの「大人」として生きるために――。今もっとも注目を集める作家の魅力を凝縮したベストセラーが待望の文庫化。エッセイ、対論、箴言集、等々。ファン必携の一冊。

い-26-18

伊集院　静
## 眺めのいい人
井上陽水、北野武、色川武大、松井秀喜、武豊、宮沢りえ、高倉健など、異能の人々の素顔が垣間見える、著者ならではの交遊録。大ベストセラー『大人の流儀』は、本書があってこそ生まれた。

い-26-19

伊藤比呂美
## 犬心
十四年間ともに暮らしたジャーマン・シェパード、タケとの最後の日々。生と死を考えるなかで、重なるのは日米間で遠距離介護をしていた父の姿だ。詩人が綴る「命の物語」。（町田　康）
い-99-1

（　）内は解説者。品切の節はご容赦下さい。

井上ユリ
**姉・米原万里**
プラハのソビエト学校で少女時代を共に過ごした三歳下の妹が、食べものの記憶を通して綴る姉の思い出。初めて明かされる名エッセイの舞台裏。初公開の秘蔵写真多数掲載。（福岡伸一）
い-104-1

宇江佐真理
**ウエザ・リポート　見上げた空の色**
鬼平から蠣崎波響など歴史上の人物、私淑する先輩作家、大好きな本、地元函館での衣食住、そして還暦を過ぎて思いがけず得た病のことなど。文庫化にあたり、「私の乳癌リポート」を収録。
う-11-20

上野千鶴子
**おひとりさまの老後**
結婚していてもしてなくても、最後は必ずひとりになる。でも、智恵と工夫さえあれば、老後のひとり暮らしは怖くない。80万部のベストセラー、待望の文庫化！（角田光代）
う-28-1

上野千鶴子
**男おひとりさま道**
80万部を超えたベストセラー「おひとりさまの老後」の第二弾。死別シングル、離別シングル、非婚シングルと男性〝おひとりさま〟向けに、豊富な事例をまじえノウハウを指南。（田原総一朗）
う-28-2

上野千鶴子
**ひとりの午後に**
世間知らずだった子供時代、孤独を抱えて生きていた十代のころ……。著者の知られざる生い立ちや内面を、抑制された筆致で綴ったエッセイ集。（伊藤比呂美）
う-28-3

上野千鶴子
**上野千鶴子のサバイバル語録**
「万人に感じ良く思われなくてもいい」「相手にとどめを刺さず、もてあそびなさい」——家族、結婚、仕事、老後、人生を前向きに生きたいあなたへ。過酷な時代を生き抜く140の金言。
う-28-4

内田洋子
**ジーノの家　イタリア10景**
イタリア人は人間の見本かもしれない——在イタリア三十年の著者が目にしたかの国の魅力溢れる人間達。忘れえぬ出会いや情景をこの上ない端正な文章で描ききるエッセイ。（松田哲夫）
う-30-1

（　）内は解説者。品切の節はご容赦下さい。

内田洋子
## ロベルトからの手紙
俳優の夫との思い出を守り続ける老女、弟を想う働き者の姉たち、無職で引きこもりの息子を案じる母――イタリアの様々な家族の形とほろ苦い人生を端正に描く随筆集。（平松洋子）
う-30-2

遠藤周作
## 生き上手　死に上手
死ぬ時は死ぬがよし……だれもがこんな境地で死を迎えたい。でも死はひたすら恐い。だからこそ死に稽古が必要になる。周作先生が自らの失敗談を交えて贈る人生セミナー。（矢代静一）
え-1-12

江國香織
## やわらかなレタス
ひとつの言葉から広がる無限のイメージ――。江國さんの手にかかると、日々のささいな出来事さえも、キラキラ輝いて見えだします。読者を不思議な世界にいざなう、待望のエッセイ集。

え-10-3

小川洋子
## とにかく散歩いたしましょう
ハダカデバネズミとの心躍る対面、同郷のフィギュアスケーターの演技を見て流す涙、そして永眠した愛犬ラブと暮らした日々。創作の源泉を明かす珠玉のエッセイ46篇。（津村記久子）
お-17-4

岡田光世
## ニューヨークの魔法の約束
大都会の街角で交わす様々な〝約束〟が胸を打つ、大人気シリーズ第七弾。くり返しの毎日に心が乾いていたら、貴方も魔法にかかってみませんか？　文庫書き下ろし。（加藤タキ）
お-41-7

岡田光世
## ニューヨークの魔法のかかり方
どこでも使えるコミュニケーション術を初めて伝授する第八弾。笑いと涙の話に明日へのパワーを充電できて英語も学べる！　女優・黒木瞳さんとの対談を特別収録。カラー写真満載。

お-41-8

岡田光世
## ニューヨークの魔法は終わらない
道を聞けば周りがみな口を出す。駅のホームで他人同士が踊り始める――心と心が通い合った時、魔法が生まれる。大人気シリーズ最後を飾る書き下ろし。著者の秘蔵話と写真も満載！

お-41-9

（　）内は解説者。品切の節はご容赦下さい。

**生きるコント**
大宮エリー
毎日、真面目に生きているつもりなのに……なぜか、すべてがコントになってしまう人生。作家・大宮エリーのデビュー作となった、大笑いのあとほろりとくる悲喜劇エッセイ。（片桐　仁）
お-51-1

**生きるコント 2**
大宮エリー
笑ったり泣いたり水浸しになったり。何をしでかすか分からない〝嵐を呼ぶ女〟大宮エリーのコントのような爆笑エッセイ集、第2弾。読むとラクになれます。（松尾スズキ）
お-51-2

**私の釣魚大全**
開高　健
まずミミズを掘ることからはじまり、メコン川でカチョックという変な魚を一尾釣ることに至る国際的な釣りのはなしと、井伏鱒二氏が鱒を釣る話など、楽しさあふれる極上エッセイ。
か-1-2

**なんでわざわざ中年体育**
角田光代
中年たちは皆、運動を始める。フルマラソンに山登り、ボルダリング、アウトドアヨガ。インドア派を自認する人気作家が果敢に様々なスポーツに挑戦した爆笑と共感の傑作エッセイ。
か-32-16

**きみは赤ちゃん**
川上未映子
35歳で初めての出産。それは試練の連続だった！　芥川賞作家の鋭い観察眼で「妊娠・出産・育児」という大事業の現実を率直に描き、多くの涙と共感を呼んだベストセラー異色エッセイ。
か-51-4

**たとへば君《きみ》**
四十年の恋歌
河野裕子・永田和宏
乳がんで亡くなった歌人の河野裕子さん。大学時代の出会いから、結婚、子育て、発病、そして死。先立つ妻と見守り続けた夫。交わした愛の歌380首とエッセイ。（川本三郎）
か-64-1

**京都うた紀行**
歌人夫婦、最後の旅
河野裕子・永田和宏
歌に魅せられ、その歌に詠まれた京都近郊の地をともに歩いて綴った歌人夫婦の記。死別の予感が切なく胸に迫る。河野氏の死の直前に行われた最後の対談を収録。（芳賀　徹）
か-64-3

（　）内は解説者。品切の節はご容赦下さい。

角幡唯介
**探検家の憂鬱**
チベットから富士山、北極……。「生のぎりぎりの淵をのぞき見ても、もっと行けたんじゃないかと思ってしまう」探検家・角幡唯介にとって、生きるとは何か。孤高のエッセイ集。
か-67-1

角幡唯介
**探検家の事情**
本屋大賞ノンフィクション本大賞受賞など最注目の探検家が「実は私、本当はイケナイ人間なんです」と明かすエッセイ。宮坂学ヤフー会長との「脱システム」を巡る対談も収録。
か-67-2

貴志祐介
**極悪鳥になる夢を見る**
時にスッポンに詫びつつ鍋を作り、時に読む者を不安にする早口言葉を考え、常に阪神愛は止まらない。意外な素顔満載の初エッセイ集。ヒューマニズムと悪についての講演録も収録。
き-35-3

黒柳徹子
**チャックより愛をこめて**
長い休みも海外生活も一人暮らしも何もかもが初めての経験。NY留学の1年を喜怒哀楽いっぱいに描いた初エッセイが新装版に。インスタグラムで話題となった当時の写真も多数収録。
く-2-3

久世光彦
**ベスト・オブ・マイ・ラスト・ソング**
末期の刻に一曲だけ聴くことができるとしたら、どんな歌を選ぶか——。14年間連載されたエッセイから52篇を選んだ〈決定版〉。小林亜星、小泉今日子、久世朋子の語り下し座談会収録。
く-17-7

高橋順子
**夫・車谷長吉**
直木賞受賞作『赤目四十八瀧心中未遂』で知られる異色の私小説作家の求愛を受け容れ、最後まで妻として支え抜いた詩人が回想する桁外れな夫婦の姿。講談社エッセイ賞受賞。（角田光代）
く-19-50

宮藤官九郎
**え、なんでまた？**
『あまちゃん』から『11人もいる！』まで、あの名セリフはここで生まれた！　宮藤官九郎が撮影現場や日常生活で出会った名＆迷セリフについて綴ったエッセイ集。（岡田惠和）
く-34-4

（　）内は解説者。品切の節はご容赦下さい。

小林秀雄
## 考えるヒント
常識、漫画、良心、歴史、役者、ヒットラーと悪魔、平家物語などの項目を収めた「考えるヒント」に随想「四季」を加え、「ソヴェットの旅」を付した明快達意の随筆集。　（江藤　淳）
こ-1-8

小林秀雄
## 考えるヒント2
忠臣蔵、学問、考えるという事、ヒューマニズム、還暦、哲学、天命を知るとは、歴史、など十二篇に「常識について」を併載して、いま改めて考えることの愉悦を教える。　（江藤　淳）
こ-1-9

小林秀雄
## 考えるヒント3
「知の巨人」の思索の到達点を示すシリーズの第三弾。柳田民俗学の意義を正確に読み解き、現代知識人の盲点を鋭くついた歴史的名講演「信ずることと知ること」ほかの講演を収録する。

こ-1-10

佐藤愛子
## 我が老後
妊娠中の娘から二羽のインコを預かったのが受難の始まり。さらに仔犬、孫の面倒まで押しつけられ、平穏な生活はぶちこわし。ああ、我が老後は日々これ闘いなのだ。痛快抱腹エッセイ。

さ-18-2

佐藤愛子
## これでおしまい
我が老後7
タイガー・ウッズの浮気、知的人間の面倒臭さ、嘘つきについて。20年間「悟る」ことなき爽快な愛子節が炸裂する！　冴え渡る考察とユーモアで元気になる大人気エッセイ集。
さ-18-24

佐藤愛子
## 冥途のお客
岐阜の幽霊住宅で江原啓之氏が見たもの、狐霊憑依事件、金縛り体験記、霊能者の優劣……。「この世よりもあの世の友が多くなってしまった」著者の、怖くて切ない霊との交遊録、第二弾。

さ-18-13

佐藤愛子
## 孫と私のケッタイな年賀状
初孫・桃子の誕生以来20年、親しい友人に送り続けた2ショット年賀状。孫の思春期もかえりみず、トトロやコギャルはては晒し首まで、過激な扮装写真を一挙公開！　（阿川佐和子）
さ-18-32

（　）内は解説者。品切の節はご容赦下さい。

西原理恵子
**洗えば使える泥名言**

サイバラが出会った（いろんな意味で）どうかしている人たちが放った、エグくて笑えてじ〜んとする言葉たち。そのままじゃ食えなくても洗えば使える、煮込めば味が出る！（壇　蜜）
さ-73-1

司馬遼太郎
**余話として**

竜馬の「許婚者」の墓に刻まれた言葉、西郷さんの本当の名前――。歴史の大家がふとした時に漏らしたこぼれ話や、名作の舞台裏をまとめた、壮大で愉快なエッセイ集。（白川浩司）
し-1-139

東海林さだお
**ゆで卵の丸かじり**

ゆで卵を食べる時、最初にかぶりつくのは丸い方から？　白身と黄身のバランスから何口で食べ終えるのが正しい？「食」への好奇心はいまだ衰えず。大人気シリーズ第33弾！（久住昌之）
し-6-83

東海林さだお
**アンパンの丸かじり**

にぎって、固めて、齧りつく。アンパンの別次元のおいしさに我を忘れ、ある時は「日本国鍋物法」を一人審議する……抱腹絶倒、大人気の「丸かじり」シリーズ第34弾！（重松　清）
し-6-85

東海林さだお
**レバ刺しの丸かじり**

もう一度アナタに逢いたい！　この世からレバ刺しが消える直前、さだおは走った――ナルトに対する選択肢・柿の種誕生物語・納豆ジャニーズ論など、第35弾も絶好調。（平松洋子）
し-6-87

東海林さだお
**サンマの丸かじり**

さようなら…。断腸の思いでプツンと頭を切り落とす。フライパン方式が導入されたサンマの悲劇。冷やし中華は「七人の侍」、許されざる太巻き、コンニャクとの関係など。（椎名　誠）
し-6-88

東海林さだお
**猫大好き**

なんとも羨ましい猫の生き方研究から内臓と自分の不思議な関係まで。ショージ君が深〜く考える、大好評エッセイシリーズ。南伸坊、パラダイス山元、近藤誠との対談も収録。（壇　蜜）
し-6-89